不思議の国のアリス

ルイス・キャロル
不思議の国のアリス

ロバート・イングペン 絵　杉田七重 訳

西村書店

Alice's Adventures in Wonderland
By Lewis Carroll
Illustrated by Robert Ingpen

Illustrations copyright © 2009 Robert Ingpen
The Original Alice by Russell Ash © 2009 Palazzo Editions Ltd
Original design and layout © 2009 Palazzo Editions Ltd
Created by Palazzo Editions Ltd, Bath, United Kingdom

Japanese edition copyright © 2015 Nishimura Co., Ltd.
All rights reserved.
Printed and bound in Japan

目次

第1章
ウサギ穴に落ちて 10

第2章
涙の海 22

第3章
からまわりレースと長いお話 34

第4章
ウサギに送りこまれたビル 46

第5章
芋虫の助言 62

第6章
ブタとコショウ 76

第7章
無茶苦茶お茶会 92

第8章
女王のクロッケー・グラウンド 106

第9章
ウミガメフーミの身の上話 124

第10章
ロブスター・ダンス 138

第11章
タルトを盗んだのは誰? 152

第12章
アリスの証言 168

オリジナル版アリス 186
挿し絵画家からのメッセージ 191
訳者あとがき 192

世界が金色に染まる昼下がり
のんびり舟遊びに出かけます
小さなおててがオールを握り
よいしょよいしょと頑張れば
こっちよこっちと、べつのおててが
水先案内してくれます

そのうち、こちらはうとうとと
夢の世界へさようなら
そこへ姫さまからご命令。「お話！ お話！」
「くたびれております、お許しください」
言ったところで姫ぎみ三人
どうして許してくれましょう

一の姫がきっぱりと
「早くなさい！」と命じれば
二の姫は、少し優しく
「ハチャメチャなお話がいい！」とご注文
いざ語りだせば、三の姫がたえず横槍
お話ちっとも進みません

それがいつしかしんと静まり
三人そろって、お話のなかへ
見たことも聞いたこともない
奇想天外、不思議の国で
鳥や獣とわいわいがやがや
すっかりそこの住人です

やがて話の種は尽き
想像の泉も涸れはてて
疲れきった語り手は
そろそろお話終えたくて
「続きは、またね」と言ったところ
「またねは、いまよ」と返されました

そうして生まれた不思議の国のお話
突拍子もない出来事ばかり
ひとつひとつ、ひねりだし——
ようやく終わりにこぎつけました
わたしたちも家へ帰りましょう
沈む夕陽のかなたへ舟を進めて

アリスよ、無邪気なお話をあげよう
手でそっと受け取ったら
子ども時代の夢紡がれる地に持っていき
不思議な記憶の帯に織りこむといい
巡礼者が遠い地で編んだ
やがてしおれる花冠のように

アリス・リデル（1852-1934）に自作の物語を読み聞かせるルイス・キャロル（1832-1898）

作者の覚え書き

　帽子屋(ぼうしや)のなぞなぞ（95ページ参照）について、いったいどんな答えが考えられるのかと、よく聞かれる。よってここに、自分でもなかなかうまいと思える答えを記しておこう――。
「どちらも『note』（「鳴き声」と「覚え書き」の両方の意がある）を出すもので、かつ『flat』（ありふれている）だ。前後を間違(まちが)えることも決してない」
　しかし、これは単なる後知恵(あとぢえ)だ。もともと答えのない、なぞなぞをつくったのだから。

　　　　　1896年　クリスマス

第1章
ウサギ穴に落ちて

　アリスは姉さんとふたりで川の土手にすわっていたけれど、何もすることがないので、だんだんに飽きてきた。一度か二度、姉さんの読んでいる本をのぞいてみたけれど、絵もないし、人がしゃべったりもしない。そんな本がなんの役に立つんだろう、とアリスは思う。

　じゃあ何をしようかと考えるものの、暑さにぼうっとして頭がよくまわらない。花輪でもつくろうか。でもわざわざ立ち上がって、ヒナギクを摘むというのも、めんどうな気がする。そう思っていると、ふいに目の前にピンク色の目をした白ウサギが走ってきた。

　それぐらいはよくあること。「うわっ！　うわっ！　こりゃ完全に遅刻だぞ！」と、ウサギが独り言を言っているのを耳にしても、アリスはそれほどおかしいとは思わなかった（ほんとうは、ここでおかしいと思うべきだったとアリスはあとで気づくのだが、そのときには、まったく普通に思えたのだ）。しかしそのウサギが、チョッキのポケットから懐中時計を引っ張りだして時間を確認し、血相を変えてまた走りだしたものだから、さすがのアリスもぎょっとして立ち上がった。チョッキを着たウサギなんて見たことない。チョッキのポケットから懐中時計を取り出すウサギだって。これはぜったい変だと思い、アリスはあとを追いかけて野原を駆けだした。すると運良く、生け垣の下にある大きな巣穴にウサギが飛びこむのが見えた。

第1章　ウサギ穴に落ちて

　そのすぐあとからアリスも穴に飛びこんだ。どうやって外に出たらいいのか、あとのことは何も考えずに。
　巣穴はしばらくトンネルのように、まっすぐ前方に延びていた。それからとつぜん、足元の地面が消えた。いきなりだったものだから、危ない、と思いとどまる暇もなく、気がつくとどこまでも深い縦穴のなかを落ちていた。
　穴がものすごく深いか、そうでなければ、落ちる速度がものすごく遅いのだろう。落ちていくアリスには、まわりをきょろきょろ見まわして、次は何が起きるのだろうと考える時間がたっぷりあった。最初のうちは穴がどこに続いているのか確かめようと下のほうに目を凝らしていたが、暗すぎて何も見えないので、まわりに目を向けた。穴の壁面には本棚や食器棚がずらりと並んでいて、そこここに打たれた釘に地図や絵がかかっている。
　棚のひとつに、広口瓶が置いてあったので、通りがかりにそれをもらっていく。"オレンジ・マーマレード"と書かれたラベルが貼ってあったが、中身はからっぽでがっかり。だからといって、そのまま放り出せば、誰かが下にいた場合、殺してしまいかねないと思い、アリスは落ちていきながら、また腕を伸ばして、べつの棚に押しこんでおいた。
　うっわあ。これに比べたら、階段を転げ落ちるなんてなんでもない。家に帰って話したら、きっとみんなから「えーっ！　それ、すっごーーーーい！」って言われちゃう。家の屋根から落ちたって、もうぜんぜんへっちゃら。声ひとつあげないよ（いや、声を出す間もなく事切れるだろう）。
　ヒューッ、ヒューッ、ヒューッ。このまま永遠に落ちつづけるのかなと思い、「もう何マイルぐらい落ちたんだろう」と声に出して言ってみる。「ひょっとして地球のまんなかあたりまで近づいてる？　だとすると、4000マイル（1マイルは約1.6キロメートル）……」（アリスはこれを学校で習ったばかりだった。まわりには誰もいないから、自慢してもあまり意味がないのだが、おさらいにはなる）。「そう、だいたいそのぐらいの距離だよ……でも、それって緯度なの？　経度なの？」（緯度も経度も、本当はなんのことなのか、アリスにはちんぷんかんぷんだったが、むずかしい言葉を口にしてみると、偉くなったような気がしてやっぱり気分がいい）。

第1章　ウサギ穴に落ちて

　まもなくアリスはまた口をひらいた。「もしかしたら地球を完全につきぬけちゃうかもしれない。みんなが頭を下にして歩いているところへ、ひとりだけ足から先に飛び出してくるんだから、おかしいに決まってる。そういう場所を"大僻地"って言うんだよね」（言ったそばから、ちがうような気がして、今度ばかりは誰も聞いている人がいなくてよかったとほっとする。実際そこはへんぴな土地ではなく、地球の裏側にあたるのだから、"対蹠地"と言うべきだったのだ）。「だけど、ここはどこの国ですかって、それはちゃんと聞いておかないと。あのすみません、ここはニュージーランドですか、それともオーストラリアですか」（言いながら、スカートの裾をつまみ、膝を曲げてお辞儀までしようとする。落下しながら、こんな芸当ができる子どもはそうはいない）。「でも、そんなことを聞いてくるなんて、この子はなんにも知らないんだねえって言われたらいやだな。やっぱり聞かないほうがいい。きっとどこかに国名が書いてあるから、それを見つけよう」

　ヒューッ、ヒューッ、ヒューッ。ほかにすることもないので、またアリスはしゃべりだした。「今夜はダイナが、すごくさみしがるだろうな」（ダイナはアリスの飼いネコだ）。「お茶の時間に、誰かが忘れずにミルクをやってくれるといいんだけど。ああ、かわいいダイナ、いまここにいてくれたらいいのにな。空中にネズミはいないけど、かわりにコウモリをつかまえればいい。だって、ネズミとそっくりだもの。でも、ネコってコウモリ食べるのかな？」

　独り言を言っているうちにアリスはなんだか眠たくなってきた。「ネコってコウモリ食べるかな、ネコってコウモリ食べるかな、コウモリだよ、コウモリ……コウモリって」うとうとしながら、むにゃむにゃ繰り返しているうちに、いつのまにか「コウモリって……ネコ食べるのかな？」と、あべこべになっている。しかし、どうせどちらの質問にも答えられないから、どっちがどっちでもかまわなかった。そのうち本当に居眠りをして、アリスは夢のなかでダイナと手と手を取り合って歩いている。「ねえ、ダイナ、正直に言って。コウモリって食べたことある？」真剣に考えたところで、ふいに、ドスン！　バサッ！　小枝と枯れ葉の山に尻餅をついた。

　怪我はまったくなく、アリスはぱっと立ち上がった。上を見ても闇があるばかりだったが、目の前にはまたべつの通路が延びていて、そこをあの白ウサギが大あわてで

進んでいくのが見えた。ぐずぐずしていたら、また逃げられると思い、アリスは風のように駆けだした。ウサギが角を曲がる瞬間、こんな声が聞こえた。「どうしよう！　どうしよう！　間に合わないぞ」そのあとからすぐにアリスも角を曲がったのに、ウサギの姿はもう消えていた。そこは細長い玄関ホールで、低い天井から一列に吊り下げられたランプが、あたりをぼんやり照らしている。

　ホールの両側にはドアがずらりと並んでいた。どれかひとつぐらいあかないものかと、アリスは片側のドアを手前から順々に試していく。奥までぜんぶ鍵がかかっていたので、今度はもどる形で、反対側のドアもひとつひとつ試していく。やっぱりどれもあかない。いったいここからどうやって出ればいいんだろう。アリスは悲しい顔でホールの中央を進んでいった。

　するとふいに、三本足のガラステーブルに出くわした。隅から隅までガラスでできていて、上には小さな金の鍵が１本のっているだけ。ひょっとしたら、ドアの鍵かもしれない。ところが鍵穴が大きすぎるのか、鍵が小さすぎるのか、悲しいことに、どのドアもそれではあかない。もう一度最初から試したところ、さっきは気づかなかった場所に短いカーテンがかかっているのが目に入った。カーテンをめくった先に高さ40センチほどの小さなドアが隠れていて、これに金の鍵を差してみたら、うれしいことにぴたりとはまった。

　ドアをあけると、その先に小道が見えた。ネズミの穴ぐらいのほんの小さな道。膝をついて奥をのぞいてみると、道の先にはこれまで見たこともない美しい庭が広がって

いた。こんな薄暗いところはさっさと出て、あそこへ行きたいとアリスは思う。色とりどりの花が咲き乱れる花壇や、涼しげな噴水を巡り歩くことを思うとわくわくした。けれども小さなドア口は頭さえ通りそうになく、「たとえ頭が通ったとしても、肩が通らなければ、どうしようもないじゃない」とアリスは悲しくなる。

　あたしの体も望遠鏡みたいに小さく縮めることができたらいいのに。ちょっとやり方を教われば、きっとできるとアリスは思う。すでにいくつも、ありえないことばかり起きていたから、この世にぜったいできないことなんて、ほとんどないような気がしていた。

　ちっぽけなドアのそばで、ただ待っていても意味はないように思えてきて、アリスはテーブルのほうへもどっていった。ひょっとしたらまたべつの鍵が見つかるかもしれないし、そうでなくても、人間を望遠鏡のように縮める方法が書かれた本が置いてあるかもしれないと思ったのだ。すると今度はテーブルの上に小さな瓶がのっていた（「これはまちがいなく、さっきまでなかった」とアリス）。瓶の首には、紙のラベルがくくりつけてあり、大きな文字でくっきりと「おのみなさい」と印刷されている。「おのみなさい」と言うのだから、ありがたくいただけばいい。でも頭のいいアリスは、すぐ飲んだりはしなかった。「だめだめ、まずはよく見ないと。どこかに"毒"と書いてあるかもしれない」というのも、アリスは、ためになるお話をちゃんと読んでいたからだ。火傷を負ったり、野獣に食われたり、ほかにもいろいろだが、痛い目にあう子たちは決まって、友だちから教えてもらった簡単な注意を忘れていた。赤く焼けた火かき棒を長いこと持っていると火傷するとか、指をナイフで深く切りすぎると、たいていは血が出てくるとか。だからアリスは決して忘れなかった。"毒"と書いてある瓶に入っているものをごくごく飲んだら、遅かれ早かれ、ほぼまちがいなく、具合が悪くなるとわかっていた。

　でもこの瓶には、どこを見ても"毒"という文字は書かれていない。それで思い切って飲んでみたところ、これがとてもおいしく（それもただのおいしさではなく、サクランボのタルトとパイナップルと七面鳥の丸焼きと熱々のバタートーストを全部まぜた味がする）、あっというまに飲み干してしまった。

「えっ、どうなってるの！　望遠鏡が縮まるみたいに、体がするする縮んでく！」

実際そのとおりだった。いまではアリスの背は、たった25センチほど。これならあの小さなドアをくぐって、きれいなお庭に出られると思い、顔を輝かせた。ところがすぐ不安になった。ひょっとしたら、もっと小さくなるんじゃないかな。そう思ったアリスは、まずは少し待つことにした。ろうそくのようにどんどん小さくなって、しまいに完全に消えてしまったら、あたしはどうなるんだろう？　ろうそくが燃え尽きたあと、炎はどこへ行くの？　いくら考えてもわからない。そんなのは見たことがなかったのだ。

　しばらく待って、これ以上は縮まないとわかると、さっそく庭へ出ることにした。ところがドアに近づいたところで金の鍵を忘れてきたことに気づいた。もう一度テーブルにもどってみたが、悲しいことに、背があまりに小さく縮んでいて鍵に手が届かない。ガラスのテーブルだったから、その上にのっている鍵がはっきりと見える。それでテーブルの足の1本をよじのぼろうとしてみたが、何度やってみてもつるつるすべってしまう。しまいには挑戦する気も失せてしまい、すわりこんで泣きだした。

　「泣いてたってしょうがないでしょ！」アリスは厳しい口調で自分をたしなめた。「いますぐ、泣きやみなさい！」自分を叱るアリスの言い分は、たいていの場合、じつに理にかなっていて（ただし、素直に言うことを聞くことはまずない）、ときに手加減なしに、こっぴどく自分を叱りつけることもあり、そういうときには目に涙がたまってくる。一度など、自分の頬をはたいたこともあった。ゲートボールに似たクロッケーというゲームで、敵と味方の2役をこなして戦っていたら、片方の自分がズルをしたので、これは許せないと思ったのだ。アリスはちょっと変わっていて、そんなふうに1人2役をこなすのが大好きだった。「でも、こんなときに2役をやってもしょうがない」と悲しくなる。「1人分の背丈もないんだから」

　そこでふと、テーブルの下に置いてある小さなガラスの箱に目がとまった。あけてみると、なかには小さなケーキがひとつ。てっぺんに干しブドウを上手に並べて、「**おたべなさい**」と書いてある。「よーし、食べてみよう。それで大きくなったら鍵に手が届くし、もっと小さくなったら、ドアの下を這って向こう側へ出られるもんね。どっちにしろ庭に出られるんだから、大きくなろうが、小さくなろうがかまわないや！」

　アリスはケーキをちょびちょび食べながら、頭のてっぺんに手をのせて、「どっちだろ？　どっちだろ？」と不安な声をもらす。しかしおどろいたことに、背丈はまったく変わらない。そもそもケーキを食べても背丈が変わらないのは普通のことで、おどろくほうがおかしいのだが、ありえないことばかり経験してきたアリスには、物事が普通に進むのは、ひどく退屈なことだった。
　それであとはむしゃむしゃと、あっというまにケーキをたいらげてしまった。

「うっひゃあ！　最超におどろいた！」アリスはすっとんきょうな声を張りあげた（あまりにおどろいたものだから、まともな言葉が出てこない）。「あたしは世界一巨大な望遠鏡！　ぐんぐん、ぐいーんと伸びまくる。バイバイ、足ちゃん！」（下を見おろすと、足ははるか遠い先にあって、かすんでよく見えない）。「あーあ、ちっちゃな足ちゃん、かわいそうに。これからは誰に靴下や靴をはかせてもらうの？　あたしにはムリムリ。こんなに遠く離れちゃったら、そこまで面倒は見られないもの。これからはなんでも自分でやってちょうだい——あっ、でも冷たくしたら、足がぷいっとすねちゃって、もうあんたの行きたいところには連れていってやらないよって言われちゃう。どうしようかな。そうだ、毎年クリスマスに新しいブーツを1足プレゼントしよう」

　それからアリスは、実際にどうやって足にプレゼントを贈ったらいいか、考えはじめた。「やっぱり配達してもらったほうがいいよね。でも自分の足にプレゼントを贈るって、どう考えてもおかしいよ。だって宛て先はどうなるの？

　　暖炉前町、敷物通り、
　　　　アリスの右足さまへ
　　　　　（アリスより　愛をこめて）

やあだ、あたしったら、なんてばかなこと言ってんだろ！」

第2章　涙の海

　ちょうどそのとき、天井に頭がゴツンとつっかえた。すでに3メートル近くまで伸びているアリスは、小さな金の鍵をさっとつかむと、庭に出るドアを目指して走っていった。
　ところがかわいそうに、いまのアリスには、床に横向きに寝て、庭に出るドア口を片目でのぞくのが精一杯。そこを通りぬけることは、これまで以上にむずかしくなった。それでまた通路にすわって泣きだした。
「ちょっと、アリス、あんた恥ずかしいと思わないの！　こんな大きななりをして（実際そのとおりだった）、いつまでもぐずぐず泣いているなんて！　いますぐ泣きやみなさい！」けれどもアリスは泣きやまない。目からごうごうと流れる涙が体のまわりにどんどんたまって10センチあまりの深さになり、ホールのなかほどまであふれていく。
　しばらくすると遠くのほうから小さな足音が聞こえた。何がやってくるのか確かめようと、アリスはあわてて涙をぬぐう。あの白ウサギだった。ぱりっとした格好をして、片手にはキッド革の白い手袋を、もう一方の手には大きな扇子を持って、何かぶつぶつ言いながら大急ぎでこちらへやってくる。「まずいよ！　まずい！　公爵夫人をこんなに待たせてしまって、きっとお怒りのことだろう！」アリスは誰でもいいから助けてほしいと破れかぶれになっていたから、ウサギが近づいてくると低い声でおずおずと話しかけた。「あのう、ちょっといいでしょうか──」ウサギはおどろいて飛びあがり、その拍子に手から白い手袋と扇子を落として、闇のなかへ一目散に駆けていった。
　アリスは扇子と手袋を拾いあげた。ホールはずいぶん暑かったので、扇子で体をあおぎながらしゃべりつづける。「いったいどうなってるの！　今日は何から何まで、おかしなことばっかり。昨日まではまったく普通だったのに。たった一晩で別人に変わったってこと？　思い出してみて、アリス。朝起きたときは何も変わっていなかった？　ちょっといつもとちがう気分だったような気もする。だけど、変身してしまったんだとしたら、いまのあたしは誰？　それって、ものすごく大きな問題だよ！」それでアリスは、自分と同じ年ぐらいの子どもを片っぱしから頭に思い浮かべ、自分がそのなかの誰にかわってしまったのか考えはじめた。

「エイダじゃないことだけは確かよ。だってあの子の髪の毛は長い巻き毛だもん。あたしの髪はそうじゃない。それから、メイベルもちがう。あたしはなんだって知ってるけど、あの子はなーんにも知らない。だいたい、"あたし"と"あの子"って、言葉からして、ちがうんだし——えっ、そういうことじゃない？ なんだか頭がこんがらがってきちゃった！ じゃあ、自分がどれだけ物知りか、知っていることを思い出してみよう。4かける4は12、4かける6は13、4かける7は——だめ、だめ！ こんな調子じゃ20までたどりつかないうちに日が暮れちゃう！ でもかけ算なんて、知らなくても大丈夫。地理にしよう。ロンドンはパリの首都で、パリはローマの首都、ローマは——ちがう。ぜんぶまちがってる！ やっぱりあたし、メイベルに変身しちゃったんだ！ それならここで、"ちっちゃな——"を暗唱してみよう」

そう言うと、アリスは授業のときのように膝の上に手を重ねて暗唱しだした。声がしゃがれて妙な感じで響き、言葉も前のとはちがうようだった。

　　ちっちゃなワニさん　　　　　　　　準備万端、ご満悦
　　きらきらしっぽのおしゃれさん　　　かぎ爪ぱっとひらいたら
　　ナイルの水に　　　　　　　　　　　小魚さんたち、さあおいで、
　　金のうろこを洗わせて！　　　　　　顔はにっこり、あごはぱっくり！

「ちがう。ぜったいまちがってる」かわいそうに、アリスの目にまたみるみる涙が盛り上がってきた。「やっぱりメイベルに変身しちゃったんだ。これからはあの小さくて狭苦しい家で暮らして、遊ぶおもちゃなんてぜんぜんなくて、覚えなきゃいけないことばっかりなんだ。そんなのぜったいいやだ。だったら決めた。もしメイベルに変身したんなら、一生ここで暮らそう。いくら上からのぞいたってむだだからね。『いい子だから、上がってきてちょうだい！』なんて言ってきたら、上を見てこう言ってやるの。『そのまえに、あたしは誰だか教えて。それが自分の好きな人間だったら上がっていくけど、そうじゃなかったら、べつの人間に変身するまでずっとここにいる』。あっ、でもそれもいやだ！」そこでアリスはどっと涙をあふれさせた。「お願い、誰か上から顔をのぞかせて！ こんなところにひとりぼっちで取り残されるなん

て、退屈で耐えられない」
　そう言いながら、ふと目を落とすと、ウサギの小さな白い手袋が片方の手にはまっているのに気づいた。「どうしてこんな小さいのがはまるんだろう？　もしかしたら、また背が小さくなってきているのかも」アリスは立ち上がり、背丈を比べようとテーブルのもとへ向かった。するとほぼ予想どおり、いまでは60センチほどの高さしかない。しかも、ものすごい速さでさらに小さく縮んでいくのがわかった。手に持っている扇子のせいだと気づいた瞬間、あわてて手から落とし、完全に消えてしまうところを免れた。
　「危なかった！」急激な変わりようは恐ろしかったけれど、まだ自分は消えていないとわかって、アリスはほっと胸をなでおろした。「これで庭に出られる！」アリスは小さなドアを目指して全速力で駆けだした。ところが残念！　小さなドアはまだ閉まっていて、小さな金の鍵は前と同じようにテーブルの上。

不思議の国のアリス

「どうしよう。こんなに小さくなるなんて生まれて初めて。大変なことになっちゃった！」

　そう言っているそばから足がすべり、次の瞬間、バシャン！　塩からい水にあごまで浸かってしまった。アリスは最初、海に落ちてしまったのだと思い、「それなら鉄道で帰れるから大丈夫」と自分に言い聞かせた。（アリスは一度だけ海に行ったことがあった。そこには水着に着替えるための車がたくさんとまっていて、木のシャベルで砂を掘っている子どもがいて、宿泊所がずらりと並ぶ後ろに鉄道の駅があった。イギリスの海岸はみな同じだと思っているのだ）。ところがすぐに、そうではないことに気づいた。自分がいま浸かっているのは、3メートル近い背丈のときに流した大量の涙だった。

「あんなに泣かなきゃよかった！」アリスは泳ぎながら言い、どうにかしてこの海から出られないものかと考える。「きっとこれは罰。自分の流した涙のなかでおぼれるなんて。ありえない話だけど、本当なんだ。どうして今日は、へんてこりんなことばっかり起きるんだろう」

　ちょうどそのとき、少し先で何かがバシャバシャ水をはねあげている音が聞こえた。いったいなんだろうと思って、アリスはそちらのほうへ泳いでいった。最初はセ

第2章 涙の海

イウチかカバだろうと予想したものの、自分が小さくなっていることを思い出すと、それはちがうだろうと気づき、まもなくただのネズミだとわかった。自分と同じように涙の海に落っこちてしまったのだ。

「このネズミに話しかけたら、どうにかなるかな」アリスは考えた。「この世界では何から何までおかしいんだから、きっとネズミだってしゃべるはず。しゃべらなかったとしても、べつにひどい目にはあわないよね」それでアリスは話しかけた。「ネズミよ、どうやったら、ここからぬけ出せるか知らない？ こんなところでずっと泳ぎつづけているなんて、耐えられない。ネズミよ！」（ネズミに呼びかけるなら、これで正しいとアリスは思っていた。呼びかけるのは初めてだったけれど、兄のラテン語の文法書をのぞいたときに、"ネズミは——ネズミの——ネズミに——ネズミを——ネズミよ"と活用形が書いてあったのを思い出したのだ。ネズミは興味を示したようで、アリスに向かって小さな片目をパチッとつぶって見せた。しかし何もしゃべらない。

「きっと英語がわからないんだ」アリスは考えた。「たぶんフランスのネズミで、征服王ウィリアムといっしょにイギリスに渡ってきたんだ（アリスの持っている歴史の知識では、それがどれだけ大昔のことなのかわからない）。それで今度はこんなふうに言ってみた。「ウ・エ・マ・シャット？」アリスのつかっているフランス語の教科書に最初に出てくる文で、「わたしのネコはどこにいますか？」という意味だ。ネズミはふいに水のなかから跳ね上がり、恐怖に全身をぶるぶる震わせた。「あ、ごめ

ん！」アリスはあわてて言った。ネズミの気持ちを傷つけてしまったと思ったのだ。「ネコが好きじゃないんだよね、すっかり忘れてた」
「好きなわけがないだろう！」ネズミは甲高い声を張りあげ、いきりたって続ける。「きみがぼくの立場だったら、ネコを好きになると思うか？」
「たぶん、好きにはならないと思う」アリスは相手に調子を合わせた。「でも怒らないで。うちで飼ってるネコのダイナに会わせてあげたかったなあ。あの子を見れば、きっとあなただってネコが好きになるから。おとなしくって、すごくかわいいんだから」アリスは半分独り言のように言いながら、涙の海をゆるゆると泳いでいる。「暖炉のそばで、気持ちよさそうにゴロゴロ喉を鳴らしながら、前足をなめて顔を洗うの——なでてやると、ふんわりふかふかで——それにネズミを捕らせたら、ダイナの右に出るネコはいないんだから——わっ、ごめん！」アリスはまた謝ったものの、ネズミは全身の毛を逆立てており、今度ばかりはかんかんに怒っているのだとわかった。
「あなたがいやなら、もうこの話題はやめにしようね」
「あったりまえだ！」ネズミは言って、しっぽの先までぶるぶる震えている。「このぼくが、そういう話をしたいと思うほうがまちがっている！　ネズミは昔からネコを憎んでいるんだ。あれほど下劣で性悪な生き物はいない！　二度とその名前をぼくの耳に入れないでくれたまえ！」
「わかった、二度と言わない」アリスは言って、大急ぎで話題を変える。「そういうことなら——えーっと——あの——イヌは好き？」ネズミが何も答えてくれないので、アリスはさらに一生懸命に話を続ける。「うちの近所に小さなイヌがいるの。見せたかったなあ！　きらきらした目をした可愛い子イヌのテリア。ほら、茶色い長い毛がくるっくるしているイヌだよ。何か投げてやると、ちゃんと取ってくるんだから。"おすわり"もするし、"ちょうだい、ちょうだい"もする。ほかにもいろいろできるの——いまは半分しか思い出せないけど。農家に飼われているイヌでね、そこの家の人から、本当に役に立つイヌだ、100ポンドの価値があるって言われてるの。なにしろネズミなんか片っぱしから殺して——あっ、ごめん！」アリスは心の底から悲しそうに言った。「また怒らせちゃった！」確かにネズミはいま、大量の水を猛烈な勢いではねちらかしながら、アリスからできるだけ遠く離れようと必死に泳いでいた。

第2章　涙の海

　それでアリスは優しく呼びかけた。「ネズミさん、お願い！　もう一度もどってきて。もうネコやイヌの話はしない。あなたがきらいだって言うんなら！」
　これを聞くと、ネズミは回れ右して、アリスのほうへゆっくり泳いでもどってきた。ネズミは顔からすっかり血の気が引いていて（きっと怒りのためだろうと、アリスは思った）、小さな声を震わせて言う。「まずは岸に上がりましょう。それからぼくがどんな目にあってきたか、話してあげます。それを聞けば、どうしてネコやイヌがこれほどきらいなのか、わかってもらえるはずです」
　確かにそろそろ岸に上がる頃合いだった。水のなかは落ちてきた鳥や動物でかなり混雑してきたからだ。カモ、ドードー、緋インコ、子ワシから始まって、ほかにも奇妙な動物がいっぱい泳いでいる。アリスが先頭になって、みんなそろって岸へと向かった。

第3章
からまわりレースと長いお話

岸にたどりついたのは、見るからにへんてこりんな集団だった。鳥は汚れた羽をだらしなく垂らし、動物はみな体に毛が貼りついてみすぼらしい。おまけにみんなしずくをぽたぽた垂らし、不きげんな顔でぷんぷんしている。

　最初の問題は当然ながら、どうやってもとの乾いた体にもどるかだった。各自がそれぞれに相談しあい、気がつけばアリスも昔からの知り合いみたいに、みんなと気さくに話をしていた。それどころか、緋インコとはずいぶん長いこと意見をぶつけあい、しまいに相手がむっとして、「わたしのほうが年上なんだから、あなたより物をよく知ってるのよ」と言いだす始末。そう言われてもヒインコが何歳だか知らないアリスとしては、おとなしく引き下がるわけにはいかない。じゃあ何歳なのかと聞いても、ヒインコはがんとして教えようとはせず、そこから先、話が進まなくなった。

　ついに、このなかで一番権威があると見えるネズミが呼びかけた。「みなさん、腰を落ち着けて、ぼくの話を聞いてください！　そうすれば、すぐに体は乾きます」ネズミをまんなかに、みんなが大きな輪になって腰をおろした。アリスは不安な気持ちでネズミをじっと見つめている。早く体を乾かさないと、ひどい風邪をひいてしまう。

　「エヘン！」ネズミは胸を張ってまず一声。「みなさん用意はいいですか？　これからぼくが、面白くもなんともない無味乾燥な話をいたしますので、どうか口を閉じて、静かにお聞きください。『自分が王位を継承すべきだと主張した征服王ウィリアムは教皇の支持を得ると、速やかにイングランドを下しました。その頃になると、イングランドの民は王位簒奪にも征服にも慣れきっており、ウィリアムを王に迎えることとなりま

第3章　からまわりレースと長いお話

した。マーシアとノーサンブリアの領主たるエドウィンとモルカールは——』」
「あー、飽きた！」背筋をぶるっと震わせてヒインコが言った。
「そこのあなた！」ネズミは怒って眉をひそめたものの、とりわけていねいな口調で言う。「いま、口をひらかれましたか？」
「いいえ」ヒインコがあわてて言った。
「あなたかと思いましたが」とネズミ。「——先を続けます。『エドウィンとモルカールはマーシアとノーサンブリアの領主でありますが、このふたりも征服王を支持し、愛国心の強いカンタベリーの大司教スティガンドでさえ、それならば、うまい——』」
「うまいって、何が？」カモが言った。
「ですから、それをこれから——」ネズミはむっとして答えた。「"それならば"という言葉が文章のなかでどんな働きをするか、もちろんご存じだと思いますが」
「うまいか、まずいか、そんなことは一目見りゃわかるよう」とカモ。「うまいって言ったら、たいていはカエルかミミズ。あたいが知りたいのは、大司教がどんなうまいもんを見つけたかってこと」
ネズミはカモの言うことにはとりあわず、急いで先を続ける。「『——それならば、うまい考えがあると。つまり大司教は、エドガー・アシリングがウィリアムと会って、彼に王冠を差し出したらよいと考えられたのです。ウィリアム王は最初こそ謙虚でありました。しかし、ノルマン兵たちの傲慢さは——』」そこでネズミはアリスのほうを向いて、ひと声かける。「どうでしょう、少し乾いてきましたか？」
「まだ、びしょびしょ」アリスは哀れっぽい声で言った。「その話、あたしにはぜんぜん効かないみたい」
「そういうことでしたら」ドードーがすっくと立ちあがって、厳粛な口調で言う。「こちらとしましては、このお話の一時休止を提議します。もっとエネルギッシュな改善策を採用するのが賢明と思われ——」
「何語でしゃべってんの？」子ワシが言った。「そんな長ったらしい言葉でしゃべられたって、半分もわからないよ。だいたいこういう場合、言ってる本人だって、まずわかってないんだよね」そう言うと相手に見られないよう、顔を伏せてヒヒヒと笑う。ほかの鳥たちは遠慮なく笑いたてた。

「ですから」ドードーは憤慨した口調で言う。「ここはひとつ、からまわりレースで、からっからになりましょうというご提案です」

「からまわりレースって、なんですか？」アリスは聞いたけれど、さほど知りたいわけではなかった。質問が出るだろうとドードーが間を置いているのに、誰もそうする気配がないので、自分がその役を買って出たのだった。

「そうですなあ」とドードー。「実際にやってみるのが一番でしょう」（自分も冬の日にやってみようと思う人がいるだろうから、ドードーがしたことを次に書いておく）。

ドードーはまず円形に近いレーストラックを地面に描いて（「形については、あまり神経質になる必要はございません」とドードーは言う）、全員を好きなところに立たせた。スタートのかけ声はなく、好きなときに走りだしてトラックをぐるぐるまわり、好きなときにトラックから出る。どこでレース終了となるのか判断がむずかしい。それでも30分ほど走ると、全員、からっからに乾き、ドードーが「レース終了！」と宣言した。みんなして荒い息をつきながら、ドードーのまわりにぞろぞろ集まってきて、いっせいに聞く。「誰が勝ったの？」

これに答えるには、ドードーもじっくり考えなければならなかった。額に指を1本あてがって（シェークスピアの肖像によく見られる、あのポーズである）長時間すわりこみ、そのあいだ、ほかのみんなは黙って待っている。それからようやくドードーが口をひらいた。「勝者は全員。よって全員に賞品が授与されます」

「でも賞品は誰がくれるの？」みんなが声をそろえて言った。

「それはもう、この人しかおりますまい」ドードーがアリスを1本指でさすと、みんながアリスを取り囲み、てんでんばらばらに声をあげる。「賞品！　賞品！」

アリスは困ったあげくにポケットから砂糖菓子の箱を取り出した（運よく、箱には塩水が入らなかった）。菓子を配っていくと、ちょうど行きわたる数があった。

「しかし、この人にだって、もらう資格がありますよ」とネズミ。

「さよう」ドードーが重々しい口調で言った。「あなたのポケットには、ほかに何が入っていますかな？」アリスに向かって言う。

「指ぬきがひとつだけ」アリスは悲しげに言った。

「では、それをこちらへ」とドードー。

ふたたびアリスのまわりにみんながどっと集まり、ドードーが指ぬきを授与する運びとなった。「おめでとうございます。あなたさまには、この優美なる指ぬきを進呈いたしましょう」ドードーが式辞を述べたところで、全員がわーっと歓声をあげる。
　まったくばからしいとアリスは思いつつも、まじめくさった顔をしているみんなの前で、この儀式を笑い飛ばす勇気はなかった。言うべき言葉が見つからないまま、ただお辞儀をし、精一杯まじめな顔をして受けとった。

　みんなで菓子をいただこうという段になると、がやがやと少しうるさくなり、あちこちで問題が起きた。大きな鳥はこれっぽっちじゃ食べた気がしないとぼやき、小さな鳥は喉をつまらせて仲間に背中をたたいてもらう始末。それでもなんとか全員が食べ終わると、みんなで輪になってすわり、ネズミにまた話をしてくれるようせがんだ。
「あなたがどんな目にあってきたか、お話ししてくれるって約束したでしょ」とアリス。また怒らせてしまうんじゃないかと、ちょっとびくびくしながら、小声でつけ加える。「ほら、どうして"ネ"と"イ"が大きらいになったのか」
「まあ結論から言うと相手はしっぽを出したんですが、これがまた話せば長い、しっぽり悲しい話でして」ネズミはアリスのほうを向いて、はあとため息をついた。
「確かに長いけど」アリスはネズミのしっぽに目を向けて言った。さらにそれをしげしげと見ながら、だけど、「しっぽが悲しい」ってどういうことだろうと思う。話を聞いているあいだも、そのことが気になって気になってしょうがなく、ネズミの語る言葉が、まるでしっぽのようにアリスの頭のなかをくねくねと進んでいく。

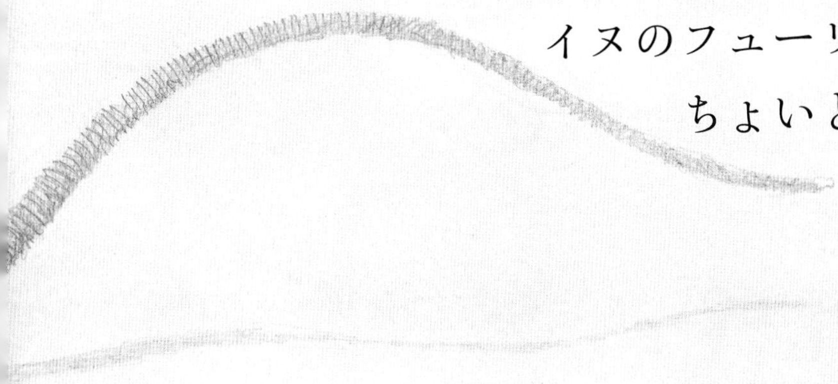

ネズミの家に
　イヌのフューリー上がりこみ
　　ちょいと顔貸しやがれと
　殴りこみ、
　　「出るとこ出て
　　　カタあつけてやるぞ
　　　いやだというなら
　　　しょっぴいてくぞ
　　　どうせ今朝は
　　　やることない。
　　裁判やっても
　　　かまわない——」
　　しかしネズミも
　　　負けちゃいない。
　　　「陪審も判事もなしだってのかい、
　　　そりゃあ声のムダづかい——」
　　するとずるいイヌが切り返す。
　「オレが陪審、
　　オレが判事、
　　何から何までオレが仕切って、
　　　　おめえさんを
　　　　　死刑にしてやるぜ」

「あなた、聞いてませんね！　いったい何を考えているんです？」ネズミがアリスに厳しい言葉を投げてきた。
「ごめんなさい」アリスは心から申し訳なさそうに言った。「しっぽの5つ目の曲がり角まで来たところ？」
「からむつもりですか！」ネズミが怒鳴った。いまではかんかんに怒っている。
「からむ！」困っている相手にいつでも手を差し伸べるアリスは、ネズミのしっぽのどこがからんでいるのかと、目で探す。「それなら、あたしがほどいてあげる！」
「けっこうだ！」ネズミは立ち上がり、アリスにくるりと背を向けて歩み去る。「わけのわからないことを言って、侮辱するのもいい加減にしろ！」
「そんなんじゃない！」アリスは訴える。「どうしてそうやって、すぐに怒るの！」
　ネズミからはうなり声しか返ってこなかった。
「ねえ、もどってきて。最後まで話を聞かせて！」アリスが呼びかけると、ほかのみんなもいっせいに声を張りあげた。「もどってこい、もどってこい！」しかしネズミはいらいらと首を振り、さらに足を速めて行ってしまった。
「あーあ、行っちゃったわ！」ネズミの姿が見えなくなったとたん、ヒインコが言った。年のいったカニは今だとばかりに娘に言って聞かせる。「わかったね、おまえ。短気は損気だって、肝に銘じておくんだよ」すると娘が言い返す。「やめてよ！　母さんのお説教は、あの辛抱強い牡蠣だってうんざりして口をあんぐりあけるわ！」
「ああ、いまここにダイナがいたらいいのに！」アリスが誰にともなく言った。「あんなネズミ、さっとつかまえてもどってくるのに」
「ひとつ、聞いてもいいかしら？　そのダイナって何者？」ヒインコが言った。
　ペットのことを聞かれれば、いつでも喜んで話すアリスだったから、大はりきりで説明しだした。「ダイナはうちのネコ。ネズミ捕りの名人で、おどろくほどの腕前なの。鳥をねらうところなんか、見せてあげたいなあ。小さな鳥なんか目にとまったとたん、もうむしゃむしゃ食べてるんだから！」
　この発言は、あたりに大変な動揺を引き起こした。あっというまに姿を消した鳥もいる。カササギは羽根をめいっぱい広げて顔を隠し、「そろそろ帰ろうかね、こういう夜気は喉に良くない」と言い出す始末。カナリアは震える声で子どもたちに呼びか

第3章 からまわりレースと長いお話

ける。「さあ、みんな帰るわよ！ そろそろ寝る時間だからね」めいめいが、いろんな理由をこしらえてその場を去っていき、あとにはアリスがひとり残された。
「ダイナの話なんかしなきゃよかった！」アリスはすっかりしょげてしまった。「ここでは、みんなダイナが好きじゃないみたい。世界一すばらしいネコだっていうのに。ああ、ダイナ！ あんたにもう二度と会えなくなったらどうしよう」そうしてアリスはまた泣きだした。さびしいやら、悲しいやらで、どうしようもなかったのだ。するとしばらくして、また遠くから小さな足音が聞こえてきた。アリスは期待に胸をふくらませて顔を上げた。もしかしたらネズミが気を取り直して、話の続きをしにもどってきたのかもしれない。

第4章
ウサギに送りこまれたビル

　も どってきたのは白ウサギだった。急ぎ足ながら、あたりをきょろきょろ見回していて、何か探し物をしているようすだ。ウサギのぶつぶつ言う声がアリスの耳に聞こえてきた。

　「まいったなあ！　公爵夫人、きっともうかんかんだよ。こいつはもう、憂さ晴らしにウサギをばらしてやらなきゃ気がすまないってことになるぞ。フェレットがフェレットであるって事実と同じくらい確実だ。いったいどこに落としたんだろう」

　これを聞いてすぐアリスは気づいた。探し物は扇子と白いキッド革の手袋だ。それならいっしょに探してあげようと、心優しいアリスは思ったが、どこにも見当たらない——涙の海で泳いでからというもの、何もかも、がらりと変わってしまったようで、玄関ホールも、ガラスのテーブルも、小さなドアも、跡形もなく消えていた。

　まもなく探し物をしているアリスにウサギが気づき、怒った口調で声をかけてきた。「おい、メアリー・アン、こんなところで何をしてる？　すぐ家に帰って、ぼくの手袋と扇子を取ってこい。ほら急げ！」アリスはあまりにおどろいたので、人ちがいだと正すこともせず、すぐにウサギが指さす方向へ駆けだした。

　「きっとお手伝いさんとまちがえたんだ」走りながら独り言を言う。「あたしがほんとうは誰なのか、気づいたらびっくりするだろうな。でも扇子と手袋は取ってきてあげよう。見つけられたらの話だけど」ちょうどそう言ったところで、こざっぱりした

第4章　ウサギに送りこまれたビル

小さな家に出くわした。玄関のドアに、ぴかぴか光る真鍮の表札がついていて、そこに「白ウサギ」と名前が彫ってある。アリスはノックもせずに2階へ駆け上がった。本物のメアリー・アンがいたら、扇子と手袋を見つける前に追い出されるかもしれないと思ったからだ。

「でもどう考えたっておかしい」アリスは独り言を言う。「ウサギに人間がこきつかわれるなんて！　次はダイナにも用を言いつけられるかもしれない」そこでアリスは想像する。「『アリスお嬢さま！　すぐにいらして、散歩に出かける用意をしてくださいまし』『ばあや、ちょっと待ってて。ネズミが外へ出ていかないよう、ダイナがもどってくるまでネズミの巣穴を見張ってろって』。でも、ダイナがそんなふうに人間に命令しだしたら、家で飼ってもらえなくなるだろうな」

気がつくとアリスは、きれいに片づいた小さな部屋に入っていた。窓辺のテーブルの上に、(アリスが望んだとおり)扇子と、小さな手袋が2、3組置かれている。その扇子と手袋1組を手に取って部屋を出ようとしたとき、鏡の近くに小さな瓶が置いてあるのが目にとまった。これには、"おのみなさい"と書かれたラベルはついていなかったが、アリスはコルク栓をぬいて口へ持っていった。「何か飲んだり食べたりすると、必ず面白いことが起きるんだよね。これを飲むとどうなるのかな。また大きくなれるといいな。こんなちっぽけな自分にはもう飽き飽きだもの」

実際アリスの期待通りになったが、これが予想をはるかにこえる速さで効いてきて、半分も飲まないうちに天井に頭がつかえてしまい、首の骨を折らないよう、かがまないといけなくなった。アリスはあわてて瓶を置く。「もう十分――これ以上大きくなったら大変――今だってドアから出られないもの――こんなに飲まなきゃよかった！」

第4章　ウサギに送りこまれたビル

　かわいそうに、後悔しても、もう手遅れだった。アリスの背はぐんぐん大きくなって、しまいには床に膝をつかないといけなくなり、そうこうしているあいだにさらに大きくなって、膝をつくこともできなくなった。それで横にごろんと倒れ、片肘をドアに押しつけて、もういっぽうの腕を頭の上にかぶせた。それでもまだ成長はとまらず、しまいには片腕を窓の外につき出し、いっぽうの足を暖炉から煙突のなかにつっこんだ。「もうこれ以上はどうしたって無理。わたし、どうなっちゃうの？」

不思議の国のアリス

　運のいいことに、瓶に入っていた不思議な薬の効き目はここまでだった。それ以上は大きくならなかったのだが、なんとも窮屈で、もう部屋の外に出られる見こみもない。アリスが悲しくなったのも無理はなかった。
「家にいるほうがずっとよかった。しょっちゅう大きくなったり縮んだりしなくていいし、ネズミのきげんをうかがったり、ウサギにこきつかわれることもない。ウサギ穴になんか飛びこまなきゃよかった——でも——でも——やっぱり面白い！　こんなことが起きるなんて、びっくり！　おとぎ話を読みながら、そんな不思議なことが現実に起きるわけがないって、よく思ってたのに、いまは自分が不思議の国にいるんだもの。あたしが主人公のおとぎ話があったっていいよね、ほんとに！　大きくなったら自分で書いてもいいな——だけど、もう大きくなってるんだよね」最後は悲しい口調になった。「少なくともここじゃあ、これ以上大きくはなれない」
「でもそうすると、いまのまんま、ずっと年を取らないってことじゃない？　それってある意味、いいかもしれない。おばあさんにならないわけだし。あっ、でもそうなると、永遠に勉強してなくちゃいけないよね。やだやだ、そんなのぜったいいやだ！」と、そう言ったそばから——「ちょっと、アリス、あんたばかじゃないの？」と、自分に反論する。「ここでどうやって勉強するつもり？　自分がいるだけで精一杯の場所に、どうやって教科書を置くの？」
　そんな調子で、ああでもない、こうでもないと２人１役で自問自答を繰り返しているうちに、やがて外から声が聞こえてきて、アリスははっとして耳をそばだてた。
「メアリー・アン！　メアリー・アン！」声が言う。「早く手袋を取ってこい！」続いて、階段をパタパタ上がってくる小さな足音。ウサギが自分を探しにやってきたんだとアリスは震え、そのせいで家がガタガタ揺れた。いまのアリスはウサギの1000倍ほどの大きさがあったから、怖がる必要なんて何もないというのに。
　まもなくウサギが２階のドアにたどりついた。内びらきのドアはアリスが肘を押しつけているため、いくら頑張ってもひらかない。するとこんな声が聞こえてきた。
「じゃあ、ぐるっと回って、窓から入るしかないな」
　入れないよ、とアリスは思う。待っていると、ウサギが窓の下にやってきたらしい物音がした。アリスは空中でぱっと手をひらいて、つかむ仕草をした。何もつかめな

かったが、甲高い悲鳴が小さくあがり、何かが落ちてガラスの割れる音がした。きっと窓の下にキュウリの温室か何かがあって、そこにウサギが落ちたのだろうとアリスは思う。
　すると怒った声が響いた。ウサギの声だ。「パット！　パット！　どこにいる？」それからアリスが初めて聞く声がした。「こっちですよ、ダンナ。リンゴを掘り出してるんでさあ」
「リンゴを掘り出してるだと！」ウサギが怒って言う。「そんなのはいいから、こっちへ来い！　ここからぬけだすのに手を貸してくれ！」（またガラスの割れる音）
「おいパット、窓にあるのはなんだ？」
「ありゃあ、腕ですな」（なまって発音するパット）
「ばかを言うな！　あんなでかい腕があるか？　窓を完全にふさいでいるじゃないか！」
「しかしダンナさま、ありゃどう見ても腕です」
「いずれにしろ、あんなところにあっちゃ邪魔なだけだ。行って、どけてこい！」
　それからしばらくしーんと静かになって、あとは時折、ひそひそした声が響くだけになった——「ダンナさま、わしゃ、いやです、それだけはごかんべんを」「言われたとおりにするんだ、この臆病者が！」そこでアリスはまた手をぱっとひらいて宙をつかんだ。今度は甲高い悲鳴がふたつ同時にあがり、ガラスの割れる音がやかましく響いた。ずいぶんたくさんキュウリの温室があるんだなとアリスは思う。次はどうするんだろう？　あたしを外に出すつもりなら、なんとかうまくやってくれないかな。こんなところにずっと閉じこめられているなんて耐えられないもの。
　しーんとするなか、しばらく待っていると、とうとう物音が聞こえてきた。小さな荷車をガタゴト押しながら、大勢が、わいわいがやがやしゃべっている。
「もうひとつの梯子は？　——えっ、オレはひとつ持ってけって言われただけで。もうひとつはビルが——ビル！　そいつをこっちへ持ってこい！　——ここだ、この角に立てかけろ——ちがう、先にふたつをつなげるんだ——これでもまだ半分しか

届きませんけど——それで間に合う、細かいことをつべこべ言うな！　——そら、ビル！　このロープをつかめ——屋根が心配だな——おい、そこ、屋根瓦が緩んでるから気をつけろ——うわっ、落ちてくるぞ！　伏せろ！」——（ガシャンという大きな音）——「誰が落とした？　——どうせビルだろ——誰が煙突んなかに下りていく？——オレはいやだぜ、おまえが行けよ——冗談言うな！　——じゃあ、ビルに行ってもらうしかないな——おい、ビル！　おまえが煙突から下りていけと、ダンナさまが言ってるぞ！」

「えっ！　じゃあ、ビルが煙突から下りてくるの？」アリスは独り言を言った。「なんでもかんでもビルに押しつけちゃって！　あたしだったら、ぜったい怒るけどな。この暖炉、ずいぶん狭いけど、足を蹴り上げるぐらいならできるかも」

　暖炉の煙突の真下から足を蹴り上げられるよう、アリスは姿勢を変えて待つ。小さな生き物（いったいどんな姿形をしているのか、アリスにはまったく見当がつかない）が、煙突のなかでガサゴソ動きながら下りてくるのがわかった。それが頭上近くまできたところで、「これがビルね」とアリスは言って、えいっと力一杯足を蹴り上げた。さあ何が起きるだろうと待ち構える。

　最初に聞こえたのは、「おお、ビルが飛んだ！」と、みんなそろって叫ぶ声。それから、ウサギの声が響いた。「受けとめろ！　おまえだよ、そこの生け垣にいるやつ！」一瞬しーんと静まったあとで、またがやがやと騒々しい声が聞こえてきた。「頭を持ち上げてろ——あとはブランデーだ——喉につまらせるなよ——大丈夫か、ビル？　いったい何があった？　くわしく話してくれ！」

　すると息も絶え絶えの声が（これがビルだ、とアリスは思う）聞こえてきた。「それがその……まったくわけがわからないんです——いや、もうけっこうです。頭のほうはだいぶしゃっきりしてきました——ただ、心臓がバクバクしていて。どう説明したらいいのか——それが、そのう……ビックリ箱みたいに、下から何かが勢いよく飛び出してきて、それで、ロケットのように空に打ち上げられてしまったんです！」

「そう、まさにロケットだった！」みんなが言う。

「家を焼き払わないといけないな」ウサギの声がそう言うのを聞いて、アリスは精一杯大きな声で言った。「そんなことしたら、ダイナをけしかけてやるから！」

　するとたちまち外が静まりかえった。次はどうするつもりだろうとアリスは思う。ふつうなら屋根を取り払うのが一番だって考えるでしょうに。しばらくすると、またみんなが動きだしたのがわかった。「まずは、手押し車1杯分でいいだろう」とウサギの声。
　手押し車1杯分の"何"？　しかしアリスが不安になる暇もなく、次の瞬間には窓から小石がバラバラと雨のように降ってきて、いくつかがアリスの顔に当たった。「やめさせなきゃ」アリスは言い、それから大声を張りあげた。「もう一度そんなことしたら、ただじゃおかないから！」するとまた外がしーんと静まりかえった。
　床に落ちると、小石がみんな小さな菓子に変わるのに気づいて、アリスはおどろいた。ふいにすばらしい考えがひらめいた。「もしかして、このお菓子をひとつを食べると、また大きさが変わるんじゃないかな。これ以上大きくなるのは無理だから、きっと小さくなる気がする」
　それで菓子のひとつを口に入れて、ごくんと飲みこんでみた。するとうれしいことに、みるみる体が小さくなっていく。ドアを通りぬけられる大きさまで縮むと、アリスは急いで家から飛び出した。外には小さな動物や鳥たちがたくさん集まって、アリ

スが出てくるのを待っていた。

　かわいそうに、小さなトカゲのビルがそのまんなかにいて、モルモット2匹に体を支えられて、瓶に入った何かを飲まされている。アリスが出てきたのに気づいたとたん、生き物たちがいっせいに追いかけてくる。アリスは全力をふりしぼって走りに走り、気がつくと鬱蒼とした森に逃げこんでいた。

不思議の国のアリス

「まずやらなきゃいけないのは」アリスは独り言を言いながら、森のなかをうろうろする。「もとの大きさにもどること。それから道を探して、あの美しい庭に出ていく。これこそ最高の計画よ！」

　言葉にしてみれば、これ以上すばらしい計画はないように思える。じつにわかりやすく、すっきりして、ややこしいことは何もない。ただひとつ問題なのは、どうやったらもとの大きさにもどれるか、アリスがさっぱりわかっていないことだった。木々のあいだから不安な目であたりをのぞいていると、頭の上からキャンキャンいう鳴き声が響いてきたので、あわてて上を見た。

　巨大な子イヌが、大きなまんまる目でこちらを見おろし、前足をおずおずと伸ばして、アリスに触れようとしている。「あら、ワンちゃん！」アリスはなだめるように言って、口笛を吹いてみようと頑張るものの、内心怖くてたまらなかった。ひょっとしたら子イヌはお腹をすかせているかもしれない。そうだとしたら、どんなになだめ

第4章　ウサギに送りこまれたビル

ようが食べられてしまうのは確実だった。
　どうしていいかわからずに、アリスは小さな木の枝を拾い上げて、それを子イヌのいる方向へ差し出した。子イヌはぴょんと大きく飛び上がり、嬉しそうに吠えながら、枝に飛びかかっていく。アリスが遊んでくれると思ったらしい。つぶされたら大変だと思い、アリスはアザミの大きな茂みの陰にひょいと隠れた。ふたたび茂みから顔を出すと、子イヌがまた向かってくる。今度こそ確実に枝をとらえようと勢いよく飛びあがり、頭からこちらにつっこんでくる。これじゃあ荷馬車馬と遊んでいるのと変わらない。いまに踏みつぶされると思い、アリスはふたたびアザミの茂みの陰に走りこんだ。すると子イヌは続けざまに向かってはくるものの、わずかに前に飛び出しただけで、すぐ大きく後退し、ウーウーと低い声でうなるばかりだった。しまいにはかなり後ろまで下がり、舌を垂らして息をはあはあ切らし、大きな目をなかば閉じている。
　いまこそ逃げるチャンスだとアリスは思い、意を決して駆けだした。へとへとに疲れて、息が苦しくなるまで走っていると、子イヌの吠える声がだんだんに遠ざかって小さくなっていった。
「それにしても、すごくかわいい子イヌだったなあ」アリスは言って、キンポウゲの花に寄りかかって休み、葉の1枚をつかって体をあおぐ。「芸を教えてやったら楽しいだろうな——こんなに小さな体じゃなかったら、ぜったいそうしたのに！　あっ、そうだ！　もとの大きさにもどらなくちゃいけないんだった。でも、どうすればいいんだろう。また食べたり飲んだりすればいいような気がするけど、いったい何を？」
　確かにそれが一番大きな問題だった。アリスは身のまわりの花や茎をきょろきょろ見回したが、この状況で食べたり飲んだりできそうなものは何も見当たらなかった。近くに大きなキノコが生えていて、ちょうどいまのアリスと同じぐらいの高さがある。その下をのぞいてみて、その両側と向こう側も見たあとで、やはり上も見なくちゃいけないだろうと思う。
　爪先立ちになって、キノコの傘のへりからてっぺんをのぞいたとたん、大きな青い芋虫が見えた。キノコの上に腕を組んですわり、長い水ギセルでタバコを黙々と吸っている。アリスにも、それ以外のものにも、まったく目をくれない。

第 5 章
芋虫の助言

芋虫とアリスはしばらく黙ったまま、互いの顔をじいっと見ていた。それからとうとう芋虫が口から水ギセルを離して、気だるい声で眠たそうに話しかけてきた。
「あんた……だーれ？」
　会話の口あけとしては、あまり幸先がよくない。アリスは気後れしながら、おずおずと答える。「それが──いまちょっと、わからなくなってるんです。今朝起きたときはわかっていたのに、それから何度か伸びたり縮んだりして」
「わからないだと？」芋虫がぴしゃりと言った。「自分のことだろうが！」
「でも、わからないんです。だっていまのあたしは、本当のあたしじゃない、わかるでしょ？」
「わからん」と芋虫。
「ごめんなさい、うまく説明できなくて」アリスはとても礼儀正しい口調で言う。「何がどうなっているのか、自分でもよくわからないんです。1日のうちに何度も大きさが変わるものだから、困ってしまって」
「困らん」と芋虫。
「いまはそうかもしれません。でも、あなたはこれからサナギに変わって──必ずそうなります──次はチョウに変わる。それって、やっぱり変な感じがしませんか？」

第5章　芋虫の助言

「ぜーんぜん」
「じゃあ、あなたとは感じ方がちがうんです。とにかく、あたしはすごく困ります」
「情けないのう」芋虫がばかにした口調で言う。「あんた、ナニモノ？」
　また話が振り出しにもどってしまった。芋虫の口調があまりに失礼なので、アリスは少しいらだってきた。ぐっと反り身になって、厳しい口調で言う。「さきに名乗るべきは、そっちよ」
「ドーシテ？」と芋虫。
　これにはアリスも頭をかかえてしまった。何も答えが思い浮かばなかったし、芋虫もあまりきげんが良さそうには見えなかったので、背を向けて立ち去ることにした。
「おい、もどってこんか！」芋虫がアリスに呼びかけた。「大事なことを教えてやろう」
　それはうれしい、きっと役に立つことを教えてくれるのだろうとアリスは思い、振り返ってまたもどっていく。
「カッとなるな」と芋虫。
「それだけ？」アリスは怒りをぐっと飲みこんだ。
「ちがう」
　ほかにすることもないし、少しぐらい待ってみてもいい、何かいい話が聞けるかもしれないとアリスは思った。芋虫はしばらく何もしゃべらずに水ギセルを吹かしていたが、やがて組んでいた腕をほどき、キセルを口から離して話を始めた。「いまの自分は本当の自分じゃないと言ったな？」
「そうなんです。前は覚えていたことが、いまは思い出せないし、10分と同じ大きさでいられない！」
「思い出せないというのは？」
「"ちっちゃなハチさん大いそがし"を暗唱しようとしたら、ぜんぜんちがう言葉が口から出てきちゃって」アリスは泣きだしそうな声になった。
「ならば"さて、ウィリアム神父"ではじまる、老年の理想的な生活を歌った教訓詩を暗唱してみなさい」
　アリスは胸の前で両手を組み、暗唱を始めた。

「なあ、ウィリアム父さん、もう年なんだ
　白髪頭を地面につけて、ぴょこんと逆立ち
　いくらなんでもまずいだろ」
　若い息子にたしなめられ、ウィリアム父さん申します

「若い頃には心配したさ
　脳がつぶれちゃ大変だ
　けれど、いまじゃ頭もすっからかん
　なんべんやろうがへっちゃらだ」

「だがなあ、父さん、もう年なんだ
　ぶくぶく太って腹もでっぷり
　なのに戸口で宙返り
　いくらなんでもまずいだろ」

すると父さん得意顔
「若い頃にゃあ、手足しなやか
　この軟膏のおかげだよ——ひと箱1シリング、
　おまえもどうだ、ふた箱ばかり買っておけ」

「だがなあ、父さん
　あごもガクガク、脂身なめてりゃいいのにさ
　ガチョウをバリバリ骨ごと食らう
　どうしてそんなに丈夫なの？」

「若い頃から法律好きで
　カミサン相手に大議論
　そりゃ、あごだって強くなる
　死ぬまでなんでも嚙めるのさ」

「だがなあ、父さん、
　目だってしょぼしょぼ見えないだろに
　鼻の頭にウナギをのっけて
　どうしてそんなに器用なの？」

「3つ答えりゃ十分だろが
　いい気になって図に乗るな！
　だまって聞いてるオレじゃない
　消え失せろ、でなきゃいますぐぶっ飛ばす！」

「ちがうな」と芋虫。
「ちょっとちがう」アリスがおずおずと言う。「言葉の順番がおかしくなっているみたいです」
「初めから終わりまで、ぜーんぶちがう」芋虫がきっぱりと言い放ち、沈黙が広がった。
　しばらくして、芋虫が口をひらいた。
「どんな大きさになりたいんだ？」
「いえ、大きさにはこだわりません」アリスがあわてて言った。「ただ、しょっちゅう変わりたくないだけ。わかりますよね？」
「わからん」と芋虫。
　アリスは黙りこんだ——何を言っても否定される。こんなことは生まれて初めてで、だんだん腹が立ってきた。
「いまの背丈のままならどうだ？」芋虫が聞く。
「ええと、もう少しだけ大きくなりたいです。身長8センチなんて、みじめすぎますから」

第5章　芋虫の助言

「8センチは、じつに理想的な背丈だ！」芋虫が背すじをぐっと伸ばし（まさに身長8センチ）、怒った口調で言う。
「でも、あたしはこれじゃ落ち着きません」アリスは悲しげに訴え、なんだってここの生き物はみんな怒りっぽいんだろうと心のなかで思う。
「じきに慣れる」芋虫は言い、また水ギセルを口につっこんで、ぷかぷか吸いだした。

　今度はアリスも、芋虫が話す気になるまで待った。しばらくすると芋虫が口から水ギセルをぬいて、ひとつ、ふたつ、あくびをし、ぶるっと身を震わせた。するとキノコの上から下りてきて、草むらのほうへのそのそ這っていきながら、こんなことを言う。「片側を食べれば大きくなり、反対側を食べれば小さくなる」

片側って、なんの？　反対側って、なんの？　アリスは心のなかで考える。
「キノコのだ」まるでアリスが声に出して質問したかのように芋虫は答え、それからすぐ姿が見えなくなった。
　アリスはしばらくキノコをじっと見ながら、どこが片側で、どこが反対側なのか、首をかしげている。どこから見てもキノコはまん丸だったから、これは非常にむずかしい問題だった。それでとうとう、アリスはキノコを抱くように傘のへりに両腕をぐるっとまわし、左右の手ではしっこをちょっとずつちぎり取った。
「で、どっちが、どっち？」まずは試しに、右手でちぎった部分をちょびっとかじってみる。するといきなり下あごに、ガツンと強い衝撃を感じた。見ると、あごが足につかえている！
　これにはものすごくおどろいたが、急激な速さで縮んでいるから、うかうかしても

第5章　芋虫の助言

いられない。反対の手でちぎった部分を急いで食べようとしたところ、あごが足につかえていて、口をあけるのもひと苦労。それでもどうにかして、左手でちぎったキノコを少し飲みこむことができた。

「わあっ！　頭を動かせるようになった！」アリスはうれしさに声を上げたが、それからすぐ、ぎょっとした。あたしの肩はどこ……？　あたりをぐるりと見回しても、どこにも肩は見えず、かわりに、下へ向かってどこまでも伸びていく、長い長い首が見えるばかり。はるか下のほうに海のように広がる緑の葉群れ。そこから自分の首が茎のようににょきにょき伸びている。

「あの緑の草原みたいなのは何？　あたしの肩はどこ？　それに手も見えない。あたしのかわいそうな手、どこ行っちゃったの？」しゃべりながら手をあちこちへ動かしてみるものの、はるか下のほうで緑の葉がざわざわとそよぐばかりで、どこにも見えない。

　手を顔の前に持ってくることができないようなので、それならばと、アリスは顔を手のほうへ持っていこうと考えた。うれしいことに首はどちらの方向へも自由に曲がり、まるでヘビになったような気分だった。首を優雅にジグザグと動かしながら下りていくと、緑の草原と見えたものは、さっきまで自分がうろついていた森の木々の梢だったとわかった。そこへ頭をつっこもうとした瞬間、シューッとするどい音がして、アリスはあわててよけた。大きなハトが顔に体当たりしてきて、バサバサと猛烈な勢いで翼を打ちつけてくる。

「ヘビだ！」ハトが甲高い声で叫ぶ。

「ヘビなんかじゃない！」アリスがむっとして言う。「あっちへ行って！」

「ヘビだよ！」ハトがまた言ったが、さっきより声は小さく、それから泣きだしそうな声でこう続けた。「いろいろ手を尽くしてきたけど、何をやってもだめ」

「何を言っているのか、さっぱりわからないんだけど」とアリス。

「木の根っこも、土手も、生け垣も、ぜんぶ試してみたっていうのに」ハトはもうアリスのことなど眼中にないように、ひとり自分の身を哀れんでいる。「なのにヘビのやつらときたら、どこにでも入りこんでくる。手の施しようがないんだよ！」

　アリスはますますわけがわからなくなってきた。それでもハトが言いたいことをぶちまけてしまうまでは、何を言っても取り合ってもらえないのだけはわかった。

「卵を抱いてヒナをかえすだけでも大変な苦労だっていうのに」ハトは続ける。「昼も夜も四六時中、ヘビを警戒して見張ってなきゃいけない。あたしゃ、この３週間というもの、一睡もしていないんだよ！」
「それはすごく大変だね」アリスにもだんだん状況がつかめてきた。
「それだから、森のなかで一番高い木に巣をつくったんだ」ハトは力をこめて訴え、ほとんど金切り声になっている。「これでもうヘビとは完全におさらばだって思ったのに、空からくねくねと襲いかかってくるなんて！　いいかげんにしとくれよ！」
「だから言ってるでしょ、あたしはヘビじゃないって！　あたしは──あたしは──」

「だったら！　あんたは誰なのさ？」とハト。「ほうら、ほら、何か言いのがれをしようと考えてるんだろう？」

「あたしは——小さな女の子」そう言いながら、もう何度も変身していることを思い出すと、自分の耳にもうそっぽく聞こえる。

「そうくるだろうと思ったよ！」心からばかにした口調でハトが言う。「小さな女の子なら、これまで山ほど見てきたさ、でもあんたみたいな首を持つ子はいなかった。ありえないよ！　あんたはヘビ。何を言おうとムダだよ。卵なんて一度も食べたことないなんて、次はそううそぶくんだよね、きっと」

「卵なら、何度も食べた」アリスはうそをつけない子だったので、そう言った。「だけど、小さな女の子はヘビと同じぐらい、たくさん卵を食べるよ」

「あたしはだまされないよ」とハト。「そういうことなら、小さな女の子ってのは、ヘビの一種と言うまでだ」

　やりこめられて、しばらく言葉を失ったアリスに、すかさずハトが追い打ちをかける。「あんたは卵をねらっているんだ。あたしにはぜんぶお見通しだよ——だとすると、あんたが小さな女の子なのか、ヘビなのか、そんなことはささいな問題じゃないか」

「あたしには大問題よ」アリスはあわてて言った。「だけど、べつにいまは卵が欲しいわけじゃないし、どっちみち、あなたの卵に用はないの。あたし生卵は苦手だから」

「なら、消えておくれよ！」ハトはむっとした口調で言い、また自分の巣に入っていった。アリスは木々のあいだにしゃがもうとしたが、枝のあいだで長い首がしょっちゅうからまり、そのたびに動きをとめて、ほどかなければならないから大変だった。しばらくして、まだ手にちぎったキノコを持っているのを思い出し、それをまたちびちびとかじりだした。最初は左手のキノコ、次は右手のキノコというように、量を加減しながら慎重に食べていき、大きくなったり小さくなったりを繰り返していく。するとようやくもとの自分と同じ背丈にもどることができた。

　久しぶりにもとにもどったので、最初はずいぶん変な感じがした。それでもしばらくすると慣れてきて、いつものように独り言が始まった。「よし、これで計画の半分は成功！　それにしても、すごかったなあ。あんなふうに伸びたり縮んだり。次に自

第5章　芋虫の助言

分がどうなっているのか、まったく予測がつかないんだから。でも、もとの大きさにもどったんだから、あとはあのきれいなお庭に入るだけ——でも、どうやって？」そんなことを言っているうちに、ふいにひらけた場所に出た。高さ1メートルあまりの小さな家が1軒建っている。「誰が住んでいるのか知らないけど、この背丈で訪ねていくのはまずいよね。ぜったいおどろかれる」それでアリスは右手に持ったキノコをまたちょびちょびとかじっていき、20センチちょっとの大きさになってから、その家に近づいていった。

　さてどうしたものかと、しばらく距離を置いて家をじっと見ていると、とつぜん、制服を着た召し使いが森のなかから駆けだしてきた――（制服を着ているから召し使いだと思ったわけで、顔だけ見たら、魚だと思っただろう）――そうして、ドアをこぶしで強くノックした。するとドアがあき、なかからまた、制服を着たべつの召し使いが現れた。こちらはまんまるな顔にカエルそっくりのギョロ目がついている。ふたりとも頭は巻き毛に覆われていて、髪粉が吹きつけてある。いったい何事だろうとアリスは興味をひかれ、耳を澄ましながら木陰からそろそろと出ていく。

　魚の召し使いは脇の下に抱えていた自分の体ほどもある大きな手紙をもういっぽうの召し使いに差し出しながら、厳粛な口調で話しだした。「公爵夫人に。女王陛下より、クロッケー試合のお誘いでございまする」カエルの召し使いもまた、同じように厳粛に、言葉の順番を少し変えて相手の言うことを繰り返す。「女王陛下より。公爵夫人にクロッケー試合のお誘いでございまする」

　それからふたりして、深々とお辞儀をしあったものだから、互いの巻き毛がからまってしまった。

　これにはアリスも吹き出してしまい、笑い声を聞かれては大変と、森のなかに走ってもどった。次に外をのぞいてみたところ、魚の召し使いの姿はなく、もういっぽうの召し使いが玄関口のところにすわって、ぽかんと空を見上げていた。

第6章　ブタとコショウ

　アリスはおずおずと玄関に近づいていって、ドアをノックした。
「ノックをしてもムダでございまする」召し使いが言う。「その理由はふたつ。まず、わたしもあなたと同じくドアの手前にいます。ふたつ、ドアの奥は大騒ぎで、ちょっとやそっとのノックの音では聞こえますまい」確かに家のなかから、信じられないほどやかましい音が聞こえてくる——泣き叫ぶ声と、くしゃみの音がひっきりなしに続くなか、時折ガシャンという、皿かやかんでも壊れたような大きな音がする。
「それじゃあ、どうしたら、なかに入れてもらえるんですか？」アリスが聞いた。
「ですから、ノックをしても意味はないと申しあげている」召し使いはアリスに目もくれずに淡々と言う。「わたしとあなたのあいだにドアがあるというなら話はべつですが。あなたがなかにいてノックをしたら、わたしがドアをあけまする」しゃべりながら、つねに目は空に向いている。なんて失礼なんだろうとアリスは思った。でもあんなふうに、目が頭のてっぺんぎりぎりについているんだから、しょうがないのかもと自分に言い聞かせる。とりあえず、ちゃんと受け答えはしてくれるからよかった——
「どうしたら、なかに入れてもらえるんですか？」アリスはもう一度聞いてみる。
「わたしは、ここにすわってございまする」召し使いが言った。「明日まで——」
　そう言ったところでドアがひらき、なかから大きな皿が召し使いの頭めがけてビュンと飛んできた。だが、鼻をかすめただけで、後ろの木にぶつかって粉々に割れた。
「——いや、あさってまで」まるで何事もなかったように、召し使いが同じ調子で続ける。「どうしたら、なかに入れてもらえるの？」アリスは声をもっと張りあげて言った。「ほんとうに、入るつもりなんですか？」と召し使い。「まずそれをはっきりさせるべきではございませんか？」
　確かにそうだとアリスも納得した。けれどもそんなふうに言われて愉快なはずもなく、「なんなのよ、まったく」と小声でぶつぶつ。「どいつもこいつも偉そうに。いいかげんにしてよ！」

アリスが何も言い返してこないのをいいことに、召し使いは少し言葉を変えて、またさっき言ったことを話しだした。「わたしは、ここにすわってございまする。たまに席をはずすこともありますが、とりあえず何日でも」
「だけど、あたしはどうしたらいいの？」とアリス。
「どうぞ、お好きなように」召し使いが言って、口笛を吹きはじめた。
「もう、この人と話していてもムダね」アリスはやけになって言った。「完全にイカれてる！」それでドアをあけてなかに入った。
　ドアの先はいきなり大きな台所になっていて、煙がもくもくと充満していた。まんなかに置いてある三本足の椅子に公爵夫人がすわって赤ん坊をあやしている。料理女が火のそばで腰をかがめ、大鍋になみなみと入っているらしいスープをかき混ぜている。
「あのスープ、きっとコショウの入れすぎ！」アリスはクシャミをしながらやっとのことで独り言を言う。
　見れば空中にもコショウが舞っていた。公爵夫人でさえ時々くしゃみをしているし、赤ん坊はといえば、オギャー、オギャーと泣く合間に、ハクション、ハクションとくしゃみをして、まったく休む間もない。台所でクシャミをしていないのは、料理女と、暖炉の前にすわっている大きなネコだけ。ネコは耳から耳まで口をあけて、ニカーッと笑っている。
「あの、ちょっといいですか？」アリスは少しためらいながら声をかけた。自分から先に公爵夫人に話しかけるのは失礼かもしれないと思ったからだ。「ここのネコはどうしてあんなふうに笑っているんですか？」
「チェシャーネコだからざんす」公爵夫人が言った。「ブタ！」
　最後に乱暴に吐き出された言葉におどろいて、アリスは飛び上がった。しかし、自分にではなく、赤ん坊に向けられたものだとすぐわかり、勇気を出して先を続ける。「チェシャーネコがいつも笑っているものだとは知りませんでした。それどころかネコが笑えるなんて、おどろきました」
「ネコはみんな笑えるざんす」と公爵夫人。「だからたいていのネコは笑ってる」
「それは初めて知りました」アリスはごくごくていねいに言った。ちゃんと話をしてもらえるのがうれしかった。

「この世間知らずが」と公爵夫人。「こんなの常識ざんす」
　アリスは少しむっとして、これは話題を変えたほうがいいと思った。さて何を話そうかと考えているあいだに、料理女がスープの鍋を火から下ろし、手の届くところにあるものを、公爵夫人と赤ん坊目がけて、片っぱしから投げだした——暖炉の火かき棒がまず飛んできて、それから片手鍋やら、大皿小皿やらが雨あられと飛んでくる。公爵夫人はまったく気にせず、物が自分に当たっても平気。赤ん坊のほうは、はなからギャーギャー泣きどおしで、物が当たって痛いのか、痛くないのか、わからない。
「ちょっと！　気をつけてください！」アリスは思わず声を張りあげた。恐ろしさにぴょんぴょん跳びはねてしまう。「ああっ、赤ちゃんの鼻が！」見たこともないほど大きな片手鍋が赤ん坊の鼻先をかすめ、危うくもぎ取られるところだった。
「他人のことなどほっとくに限る」公爵夫人がしゃがれ声でうなるように言う。「そうすりゃ、世界はずっと速く回る」
「速く回ったからって、いいことはありませんよ」いまこそ自分がどれだけ物知りか教えてやれると、アリスは嬉々として言った。「昼と夜がどうなってしまうか考えてください。地球が24時間かけて地軸を1回転することを思えば、おのずと——」
「おの……斧……斧」と公爵夫人。「おいおまえ、この子の首をちょん切っとくれ！」
　言われたとおりにするのかと不安になって、アリスは料理女にちらっと目を向けた。しかしそちらはスープをかき回すのにいそがしくて、こちらの話を聞いているようすはない。それでアリスは先を続けた。「その24時間が、あれ、12時間だったかな？　ええっと——」
「うるさいっ！」と公爵夫人。「こちとら、数字はちんぷんかんぷんなんだ！」それからまた赤ん坊をあやしながら、子守歌のようなものを歌いだし、ひと節歌い終わるごとに、赤ん坊を激しく揺さぶる。

第6章　ブタとコショウ

赤ん坊きびしく　しつけするざんす
くしゃみをしたら　ひら手うち
心配するのは　親ばかざんす
くしゃみで気を引く　赤子の手ぐち

（ここで料理女と赤ん坊が、声をそろえて合唱する）
オンギャー！
オンギャー！
オンギャー！

　公爵夫人は歌の2番を歌いながら、赤ん坊を乱暴にぽんぽん放り上げている。哀れな赤ん坊はひたすら泣き叫び、あまりのうるささに、アリスは歌詞がよく聞きとれない。

この子はきびしく　しつけるざんす
たたかれたのは　その寝しな
コショウに浮かれた　罰ざんす
くしゃみしながら　ねんねしな

オンギャー！
オンギャー！
オンギャー！

「そら! やりたいなら、あやしてごらん!」公爵夫人は言いながら、アリスに赤ん坊を放り投げた。「あたくしは女王陛下とのクロッケー試合に行く準備をしなくちゃいけないんざます」そう言うと、そそくさと台所から出ていく。その背中に料理女がフライパンを投げつけたが、ぎりぎりで当たらなかった。

アリスは赤ん坊を抱いたが、これがなかなかむずかしい。妙な形をした小さな生き物は、腕や足を四方八方につっぱっており、まるでヒトデみたいだとアリスは思う。かわいそうに、アリスが受けとめた瞬間から、赤ん坊は蒸気機関車のようにゴーゴーといびきをかいていて、ぐにゃっと二つ折りになったかと思ったら、次はぱっと大の字になり、片時もじっとしていない。しばらくは腕のなかに抱えているだけで、アリスは精一杯だった。

抱き方のコツがつかめてくると(結び目をつくるように、赤ん坊をねじった上で右耳と左足をぎゅっと引っ張っていれば、体を折り曲げることができなくなる)、アリ

第6章 ブタとコショウ

　スは赤ん坊を抱いて外に出た。こんな家に置いておいたら、きっと2日もしないうちに殺されてしまう——「連れて行かないと人殺しになっちゃうよね？」最後の言葉は声に出して言い、それに応えるように、赤ん坊がブーブー声を出した（そのときにはもうクシャミが止まっていたのだ）。「ブーブーはダメ」とアリス。「文句を言っていると思われるよ」

　するとまた赤ん坊がブーブー言いだした。いったい何がいけないのだろうと心配になって、アリスは赤ん坊の顔をしげしげと眺めた。うんと上を向いた鼻は、人間の鼻というよりは動物の鼻面に近く、点のような目は赤ん坊にしては小さすぎる。かわいいとはとても言えなかった。ただ泣いているだけなんだろうと思って、涙らしきものが浮かんでいないか、赤ん坊の顔をのぞいてみる。

　ちがう、泣いてなんかいない。「ねえ、坊や、ブタに変身するつもりなら」アリスは真面目な口調で言う。「言っとくけど、あたしはもう何もしてあげないからね！」かわいそうに、赤ん坊はまた泣きだした（いや、ブーブーと鳴いているのかもしれない）。そしてふたりは、そのまましーんと静かになった。

　でもこの子を家に連れて帰ったとして、それからどうしよう。アリスがそんなことを考えだしたところで、またブーブーが始まり、それが今度はあんまりやかましいので、不安になって赤ん坊に目を落とした。いまとなっては見まちがえようがない——これは正真正銘のブタ。抱いてあやしているのが、ばからしくなってきた。

　地面に下ろすと、小さな生き物はトコトコ歩いて森のなかに入っていったので、アリスは心からほっとした。「もしあのまま大きくなったら、恐ろしく醜い子どもになるはず。でもブタだったらハンサムなほうに入るかも」アリスは独り言を言いながら、自分の知っている子どもで、ブタだったら上等の部類に入る子のことを思い浮かべる。「ああいう子たちをブタに変えちゃう方法がわかればなあ——」などと言ってると、数メートル先の大枝の上に、チェシャーネコがすわっているのが目に入って、はっとする。

　チェシャーネコはアリスを見ても、ただニカーッと笑っているだけ。気立ては良さそうだとアリスは思ったが、長いかぎ爪や、ずらりと並んだたくさんの歯を見ると、あなどってはいけないという気もした。

不思議の国のアリス

「チェシャーニャンコちゃん」おずおずと声をかけてみる。こういう呼び方はひょっとして気に入らないかもしれないと不安だった。ところが相手はニカーッと笑っている口をちょっと大きく広げただけ。大丈夫、喜んでいると思い、アリスは先を続ける。「ここからどっちへ行けばいいのか、教えてくださいませんか？」
「きみはどこへ行きたい？　まずはそれだにゃあ」とネコ。
「べつにどこでもいいの——」とアリス。
「なら、道を聞く必要はにゃあ」
「——どこかへ着けるなら」アリスは不安になってつけ加えた。
「そりゃまちがいにゃあよ。歩いていれば、いつか着く」
　なるほど、そのとおり。アリスは何も言い返せず、話題を変えた。「ここには、どういう人たちが住んでるの？」
「あっちにゃあ」ネコが言って、右の前足をぐるっと回して方向を示す。「帽子屋が住んでる。で、こっちにゃあ」反対側の前足をぐるっと回して言う。「三月ウサギ。好きなほうを訪ねたらいい。どっちも正気じゃにゃあよ」
「でも、そんなおかしな人たちのところに行くのはいや」

「そう言われても、このあたりにゃー正気のもんは、いにゃあよ。おいらもおかしい。きみだっておかしい」
「どうして、あたしのことまでわかるの？」
「そうでにゃかったら、こんなとこ、誰が来る？」
　ああ、なるほど——とは、とても思えない。それでもアリスは先を続けた。「じゃあ、あなたは？　あなたはどうして自分がおかしいって思うの？」
「じゃ、ひとつ。イヌはおかしくにゃあね。それは納得するにゃ？」
「うん、それはわかる」とアリス。
「で、イヌは怒るとウーウーうにゃり、喜ぶとしっぽを振る。ところが、おいらは喜ぶとうにゃり、怒るとしっぽを振る。これっておかしいにゃあ」
「喉をゴロゴロ鳴らすのは、うなるとは言わない」とアリス。
「言い方なんて、にゃんでもいいにゃ」とネコ。「きみは今日、女王陛下とクロッケーをやるの？」
「やれたら、とってもうれしいけど」とアリス。「でもまだ招待されてないんだ」
「じゃあ、そこでまた会おう」ネコは言って、ぱっと姿を消した。
　アリスはあまりおどろかなかった。おかしなことがしょっちゅう起きるのに、だんだんに慣れてきたからだ。ネコが消えた場所をじいっと見ていると、ふいにまた姿を現した。
「ところで、赤ん坊はどうにゃった？　聞き忘れるところだった」
「ブタになった」まるでネコが自然なやり方でもどってきたかのように、アリスは淡々とした口調で言った。
「やっぱり」ネコは言って、また消えた。
　また現れるのじゃないかと、アリスは少し待ってみた。しかし現れないので、しばらくすると、三月ウサギが住んでいるという方向へ歩いていった。「帽子屋さんなら会ったことがある」アリスは独り言を言った。「三月ウサギのほうが、ずっと面白そうだな。いまは5月だから、気がおかしくなってるって言ったって、それほどじゃないよね——3月よりはましなはず」こう言ってから顔を上げると、またあのネコの姿が目に入った。木の枝にすわっている。

第6章 ブタとコショウ

❦

「ブタと言ったかにゃ、それともツタ?」とネコ。
「ブタ」アリスは答えた。「そんなふうにとつぜん現れたり、消えたりするの、やめてくれないかな。目が回りそう」
「にゃーるほど」ネコは言って、今度はゆっくりと消えだした。しっぽの先から始まって、徐々に体が消えていく。体がぜんぶ消えたあとも、ニカーッという笑いだけはしばらくのあいだ残っていた。
「うわっ! ニカーッと笑わないネコならよく見たけど、ネコのないニカーッ笑いなんて! こんな不思議なこと、生まれて初めて!」
　そこからそう長く歩かないうちに、三月ウサギの家が見えてきた。あれにちがいないと見当がついたのは、2本の煙突が耳のような形をしていて、屋根がふわふわの毛で葺いてあったからだ。ずいぶん大きな家だったので、今の大きさで近づくのは腰が引ける。それで左手に持ったキノコのかけらをかじって60センチほどの背丈になってから近づいていった。しかしそれでも怖いことには変わりなく、おずおずと近づいていきながら、つぶやいた。「きっとおかしなことをやらかして暴れてるよ。やっぱり帽子屋さんにすればよかった!」

第7章
無茶苦茶お茶会

家の前の木陰にテーブルが出されていて、そこで三月ウサギと帽子屋がお茶を飲んでいる。ふたりのあいだでぐっすり眠っているのは、眠りネズミの異名を持つヤマネ。そのヤマネをクッションがわりに、ふたりして肘を置き、ヤマネの頭越しに会話をしている。それを見てアリスは、あれじゃあ、ヤマネはたまったもんじゃないと思う。いまは眠っているから気にならないんだろうけど。

　テーブルは広々としているのに、みんな片隅にかたまってすわっている。「もういっぱいだよ！　すわれないよ！」アリスが近づいてくるのを見て、三月ウサギと帽子屋が怒鳴る。

　「がらあきじゃないの！」アリスは憤然として言い、テーブルの一番はしの大きな肘掛け椅子に腰をおろした。

　「ワインを召し上がれ」三月ウサギが愛想よく言った。

　アリスはテーブルを見回したが、あるのはお茶ばかり。「ワインなんて、どこにもないけど」

　「ないない」と三月ウサギ。

　「ありもしないものを勧めるなんて、失礼よ」アリスはむっとして言った。

　「招かれてもいないのに勝手にすわる、きみだって失礼だ」と三月ウサギ。

　「あなたたちのテーブルだなんて知らなかった」アリスは言った。「3人ばっかりじゃ、広すぎるでしょ」

第7章　無茶苦茶お茶会

　「その髪、切ったほうがいいな」と帽子屋。ずっと興味津々でアリスのことを見ていて、ここで初めて口をひらいた。
　「あなたにカンケーないでしょ」アリスはちょっと厳しい口調で言った。「それって失礼よ」
　これを聞いて、帽子屋は目を大きく見開いた。それで何を言うかと思えば──「カラスと書き物机はソックリ、さてどうしてでしょう？」
　わあ、楽しくなりそうだとアリスは思った。「なぞなぞ遊びの始まりね──解けるよ、あたし」と、声に出して言った。
　「その答えを、きみがわかるってこと？」と三月ウサギ。
　「うん、そう」とアリス。
　「ならちゃんと、『あたし、解けるよ』って言わなきゃ」三月ウサギが言った。
　「だから言ってるじゃない」アリスがすかさず言う。「『あたし、解けるよ』も『解けるよ、あたし』も同じでしょ」
　「ぜんぜんちがう！」と帽子屋。『食べるものが見える』と『見えるものを食べる』はちがうだろうが！」
　「そうだ、そうだ！」と三月ウサギ。「『もらったものが好き』と『好きなものをもらう』はちがう！」
　するとヤマネまでが寝言を言うみたいに口をはさんできた。「そうだい、そうだい！『眠っているときに息をする』と『息をするときに眠っている』はちがうんだぞ！」
　「おまえの場合は、おんなじだ」と帽子屋が言い、ここで会話がぷつりと切れた。みんながしばらくおし黙っているあいだに、アリスは必死に考える。カラスと書き物机の似ているところって？　いろいろ考えてみるものの、さほど似ているとは思えなかった。
　最初に沈黙を破ったのは帽子屋だ。「今日は何日かね？」そう言って、アリスに向きなおった。帽子屋はポケットから引っ張りだした懐中時計を手にしており、それを時々落ち着かなげに眺めたり、振ったり、耳に当てたりしている。
　アリスは少し考えてから言った。「4日」

第7章　無茶苦茶お茶会

「2日ちがってる！」帽子屋はため息をつき、三月ウサギをにらみつけて言う。「だからバターじゃだめだと言ったんだ！」
「一番いいバターだったんだけど」三月ウサギがおずおずと言う。
「それはそうだが、パン屑もいっしょに入ったにちがいない」帽子屋が文句を言う。「バターナイフをつかって入れたのがよくなかった」
　三月ウサギは懐中時計を手に取ると、しょぼんとした顔でじっと見ていたが、やがてお茶の入ったカップに時計を浸した。引き上げて、またしげしげと見るものの、ほかに言うべき言葉が思いつかないようで、さっきと同じことを言った。「だけど、一番いいバターだったんだよ」
　アリスは興味をひかれて、ウサギの肩越しに時計をのぞいた。「なに、この時計！ 日付を示しているだけで、何時だかわからない！」
「それのどこがいけない？　きみの時計はいまが何年だか、示してくれるのかね？」帽子屋がぼそっと言った。
「まさか」アリスはすかさず答えた。「そんなことになったら、時計の針はずーっと同じ年のところにとまりっぱなし」
「わたしの時計はまさにそうなんだ」と帽子屋。
　アリスは頭が変になりそうだった。帽子屋の言う言葉は、どれもこれもちんぷんかんぷん。それでもしゃべっているのは外国語ではなかった。「よくわからないんですけど」できるだけていねいに言った。
「またヤマネが眠ってしまったな」帽子屋は言って、ヤマネの鼻に熱いお茶をちょろりとかけてやる。
　ヤマネはいやいやと首を振り、目をつぶったまま言う。「起きてる、起きてる。いまぼくもそう言おうと思ってたところなんだから」
「なぞなぞは解けたかな？」帽子屋がまたアリスに向きなおって聞く。
「わからない。降参」アリスは言った。「答えは何？」
「さっぱりわからん」と帽子屋。
「ぼくもだ」と三月ウサギ。
　アリスはうんざりしてため息をついた。「答えのないなぞなぞを解くより、もっと

ほかにすることがあるんじゃないの。時間のムダだよ」
「きみがわたしのように、時間さんのことをよく知っていたら、『時間はムダ』なんて言わないだろうな。呼び捨てにもしない」
「何を言っているのか、さっぱりわからない」
「もちろん、きみになどわからんよ！」帽子屋が言って、ばかにするように頭をぐっと持ち上げた。「時間さんと口を利いたこともない人間にはな！」
「まあ、それはないけど」アリスは慎重に言葉を選んで話す。「でも、いつも学校に行く前の晩に、時間と相談しながら、明日の時間割を——」
「なんと！　時間さんを割るとは！」帽子屋がおどろく。「それじゃあ、相手もそっぽを向くさ。そうじゃなくて、いつもいい関係を結んでいれば、時間さんがこちらの思い通りに時計を動かしてくれる。たとえばだな、朝の9時になって、そろそろ勉強をしなくちゃならんというときに、それとなくお願いをする——すると時計の針がぐるっと回転して、一瞬のうちに1時半。昼食の時間だ！」
（「いまがそうならいいなあ」三月ウサギがそっとつぶやいた）。
「それはすごいかもしれない」と言ってから、アリスはよく考える。「でも、まだお腹はすいていないと思うけど」
「まあ最初はそうだろう」と帽子屋。「だが、好きなだけ1時半にしておけるんだ」
「いつもそうしてるの？」アリスは聞いた。
　帽子屋は悲しげにかぶりを振る。「いや、昨年の3月——こいつが正気を失う直前に——（そう言って三月ウサギをティースプーンで指す）時間さんと揉めたんだ。ハートの女王が盛大な音楽会を催して、わたしが歌うことになった——」

　　キラキラ光る、お盆の鳥よ！
　　お盆と見えて、ホントはコウモリ？

「ひょっとしてこの歌、きみも知ってるんじゃないか？」
「似たような歌なら」とアリス。
「その先は、こう続く」帽子屋が言って、歌の続きを歌う。

第7章　無茶苦茶お茶会

　　お空を飛んでる、おまえはなんだ
　　羽ばたきしては、茶盆を見てる
　　　キラキラ——

　そこでヤマネがぶるっと震え、寝言のようにむにゃむにゃ歌いだした。「キラキラ、

キラキラ、キラキラ、キラキラ——」それがいつまでも続くものだから、つねってやめさせないといけなかった。それからまた帽子屋が先を続ける。
「で、まだ1番も歌い終わっていないというのに、女王が飛び上がって怒鳴った。『時間つぶしにもならん！　こいつの首をはねろ！』ってね」
「そんなひどい！」アリスはびっくりした。

第7章　無茶苦茶お茶会

「それからというもの」帽子屋は悲しい口調で続ける。「時間さんは、こっちの言うことを何ひとつ聞いてくれなくなった。わたしのせいで"時間つぶし"なんていう、恐ろしい言葉を耳にするはめになっちまって……。いまじゃ、いつでも6時のまんま」

そこでアリスの頭にすばらしい考えがひらめいた。「だからテーブルに、これだけたくさんの食器が並んでいるんだ。そうでしょ？」

「ああ、そうだ」帽子屋はため息をついて言った。「ずーっとお茶の時間が続いているから、洗っている暇がない」

「それで席をひとつずつ、ずれていく。そうでしょ？」アリスが言った。

「その通り」帽子屋が言った。「汚れたら、そこで移動する」

「だけど、最初の席までもどってきたら、どうするの？」アリスは思い切って聞いてみた。

「話題を変えよう」三月ウサギが口をはさみ、あくびをする。「もう飽きてきた。この若いレディーに何か話をしてもらったらいいと、ぼくは思うね」

「残念だけど、話せるような話はないの」急に自分が指名され、アリスはおどろいた。

「じゃあ、ヤマネだ！」帽子屋と三月ウサギがそろって声を張りあげた。「起きろ、ヤマネ！」そう言って、両脇から同時につねる。

ヤマネがゆっくりと目をあけた。「眠ってないよ」声が小さく、かすれている。「ちゃんと話にはついていってる」

「じゃあ、話をしてくれ！」と三月ウサギ。

「そうそう、お願い！」アリスも言う。

「急げよ」と帽子屋。「でないと、話し終える前に眠ってしまうだろう、おまえ」

「むかしむかし、小さな三姉妹が暮らしていました」ヤマネは大急ぎで話を始めた。「名前は、エルシー、レイシー、ティリー。3人は井戸の底で暮らし──」

「食事はどうするの？」アリスが言う。食べることや飲むことに、いつでも強い興味を示すアリスだった。

「糖蜜を食べてる」1、2分考えてから、ヤマネが答えた。

「まさか、そんな」アリスは遠慮がちにそっと言った。「糖蜜ばっかり食べてたら病

気になっちゃう」
「そうだよ」とヤマネ。「みんなひどい病気」
　いったいどうやって暮らしているんだろうと、アリスは想像してみるものの、あまりに奇想天外で何も浮かんでこない。それでさらにつっこんできいてみる。「だけど、なんだって井戸の底なんかで暮らしているの？」
「ほらほら、お茶をもっとたくさんお飲みよ」三月ウサギがアリスに熱心にすすめる。
「まだ何も飲んでない」アリスはむっとして言った。「なのに"もっとたくさん飲む"なんて無茶よ」
「茶ならそこにあるじゃないか。どこが無茶なんだ。"もっと少なく"は飲めないと、そう言うべきだと思うがな」帽子屋が言った。
「そういう屁理屈をこねる性格、直したほうがいい」とアリス。
「あなたにカンケーないでしょ」帽子屋が勝ち誇ったように言う。
　アリスはぐうの音も出ない。それで勝手にお茶を注いで飲み、パンにバターをつけてちょっと食べる。それからヤマネに向きなおって同じ質問を繰り返した。「その3人は、どうして井戸の底で暮らしているの？」
　ヤマネはまた1、2分考え、それからおもむろに口をひらいた。「そこは糖蜜の湧く井戸なんだ」
「そんなもの、あるわけない！」アリスがかっとなって言うと、「シーッ！　シーッ！」と帽子屋と三月ウサギがたしなめる。ヤマネはむっとしてこんなことを言いだした。「そういう失礼なことを言うんなら、続きはきみが話せばいい」
「お願い、続けて！」アリスは下手に出てそう言った。「もう余計なことは言わないから。きっとひとつぐらい、そういう井戸があるかもしれない」
「あるんだよ！」ヤマネは憤然として言ったものの、とりあえず先を続けることは了解した。「それで、その三姉妹は絵を習っていて——」
「どんな絵？」さっき約束したにも関わらず、アリスはまた口をはさんだ。
「糖蜜画」今度は考える必要もなく、すぐに答えが出た。
「カップをきれいなものにしたい」帽子屋が口をはさんだ。「みんなで席をひとつ、ずれることにしよう」　言いながら帽子屋が隣の席に移ると、続けてヤマネもずれ、

ヤマネのいた席に三月ウサギが収まった。アリスもしぶしぶ三月ウサギのいた席に移動した。席を替わっても、得をするのは帽子屋だけ——とりわけアリスは、三月ウサギが席を移動する拍子にミルクの入った瓶を皿にひっくり返していったので、まったく割に合わなかった。
　またヤマネを怒らせたくなかったので、アリスはおずおずと切り出した。「でも、よくわからないの。どこから糖蜜を汲み上げるの？」
「水は水の井戸から汲み上げる」と帽子屋。「糖蜜は糖蜜の井戸から汲み上げる——きみはバカか？」
「でも、みんな井戸の"なか"にいるんでしょ？」帽子屋が最後に言った暴言は無視することにして、アリスはヤマネに言った。
「そうさ」とヤマネ。「——みんな井戸のなかでなかよくしてる」
　そう言われても、アリスのほうはますます頭がこんがらがるばかり。しばらく自分は黙っていて、ヤマネにしゃべらせることにした。
「それで絵を描く練習をしてる」ヤマネは続けながら、あくびをし、目をごしごしこする。強い眠気に襲われたようだった。「いろんなものをだよ。頭に"三"がつくものをかたっぱしから」
「どうして"三"なの？」とアリス。
「"三"でどうしていけない？」と三月ウサギ。
　アリスは黙りこんだ。
　見ればヤマネはもう目を閉じて、うとうと居眠りをしていた。帽子屋がつねると、ヒッと小さな悲鳴をあげてまた目をあけ、それから先を続けた。「——"三"で始まるもの——たとえば三輪車、三角定規、三羽烏、それに三々五々——ほら、『三々五々出発する』って言うでしょ——だけど三々五々の絵なんて見たことある？」
「そんなこと、あたしに聞かれても」アリスの頭のなかはもうぐちゃぐちゃ。
「わからないと言うつもりなら、最初っから何も言うな」と帽子屋。
　ここまで無礼なことを言われては、もう我慢できなかった。アリスは憤然として立ち上がり、テーブルに背を向ける。ヤマネはたちまち眠りに落ち、ほかのふたりも、帰ろうとするアリスに目もくれない。ひょっとしたら呼びとめてもらえるんじゃない

第7章　無茶苦茶お茶会

かと思って、一度か二度アリスは振り返ったが、最後に目を向けたときには、帽子屋と三月ウサギがヤマネをティーポットのなかに押しこもうとしていた。

「とにかく、もうあんなところにはぜったい行かない！」アリスは言いながら、森のなかを縫って歩いていく。「あんな無茶苦茶なお茶会、見たことがない！」

そう言ったところで、幹にドアがついている木が1本あるのに気づいた。ドアをあけてみると、奥に道が続いている。なんて不思議な木だろう！　でも、今日は不思議なことばっかりなんだから、さっそくなかに入ってみたほうがいいと考え、ドアの奥に踏みこんでいった。

するとそこは、また細長い玄関ホールになっていて、近くに小さなガラスのテーブルが置いてある。「よし、今度こそうまくやるんだから」アリスは小さな金色の鍵をつかむと、庭に続くドアの鍵をあけた。それからキノコ（ポケットにしまってあった）をちょびちょびかじっていって、30センチほどの背丈になったところで、小道を歩きだした——気がつくと、きれいな庭に出ていて、色あざやかな花壇と涼しげな噴水に囲まれていた。

第8章
女王の クロッケー・グラウンド

庭の入り口に大きなバラの木が1本。そのまわりに庭師が3人集まり、せっせと手を動かして、白い花を赤く塗っている。アリスは不思議でたまらない。もっとよく見てみようと近づいていくと、庭師のひとりがこんなことを言っているのが耳に入った。「おい5！　気をつけろ。おまえのはね散らしたペンキが、ぜんぶオレにかかってるぞ！」

「悪いのはぼくじゃない」5がうらみがましい口調で言う。「7が肘をつっつくからいけないんだ」

これをきいて7がぱっと顔を上げた。「またそれか、5！　いつだって人のせいにする！」

「偉そうな口をきかないほうがいいよ」と5。「次に打ち首になるのはきみだって、昨日女王さまが言ってたんだから！」

「なんの罪で？」最初にしゃべった者が言う。

「おまえには関係ないんだよ、2！」7が言った。

「そう、これは7の話。7が何をやらかしたか教えてあげるよ——料理番に、玉ねぎのかわりにチューリップの球根を渡したんだってさ」5が言った。

7はペンキの刷毛を地面にたたきつけ、「ふざけるな、よりによって、そんなばかげた——」と反論しかけたところで、その場に立ってじっと自分たちを見ているアリ

第 8 章　女王のクロッケー・グラウンド

スに気づいた。7ははっとして立ちすくみ、ほかのふたりも、振り返ってアリスに気づくと、深々とお辞儀をした。
「あの、ちょっといいですか」アリスがおずおずと声をかけた。「どうしてバラにペンキを塗っているの？」
　5と7は何も言わず、2に目をやる。すると2が小さな声でこう言った。「それがですね、お嬢さん。ここには赤バラを植えなくちゃいけなかったのに、うっかり白バラを植えてしまって。女王さまに見つかったら、ほら、打ち首にされるでしょ。それで女王さまが来る前に、こうして必死になって──」とそこで、庭の向こう側を心配そうにうかがっていた5が大声を張りあげた。「女王さまだ！　女王さま！」すると庭師が3人とも、ぺたんと地面に身を伏せて顔を隠した。ザッ、ザッ、ザッと大勢がやってくる足音が響いてきて、アリスは女王見たさに振り返った。
　最初にやってきたのは棍棒を抱えた10人の兵士。みな3人の庭師とそっくり同じ姿形をしていて、長方形の胴体の四隅から腕と足が伸びている。そのあとには10人の廷臣。こちらは全身をダイヤで飾っており、兵士たちと同じように、ふたりずつ手をつないで進んでくる。兵士と廷臣のあとには王族の子どもが10人。小さく愛らしい子たちが手に手をとって2列になり、うれしそうに跳びはねている。こちらは全員ハートで身を飾っている。次に続くのは客の一団。ほとんどが王族たちだが、アリスはそのなかに白ウサギを見つけた。急ぎ足でそわそわしながら、何か話しかけられるたびに笑顔を返している。白ウサギはアリスに気づかずにそのまま行ってしまった。それからハートのジャックが続き、真っ赤なビロードのクッションにのせた王の冠を捧げ持っている。この壮麗な行列の最後尾を歩いているのが、**ハートの王と女王**だった。
　3人の庭師のように、自分も地面に伏せなくていいんだろうかと、アリスはちょっと心配になった。それでも、行列が通ったらそうしなくちゃいけないなんて決まりは聞いたことがなかった。だいたい、みんなが顔を伏せてしまったら、行列がやってきても見る人がいない。それでは行進する意味がないんじゃないかと思い、立ったまま、じっと待つことにした。
　やがて行列はアリスの目の前でぴたりととまり、全員の目がアリスに集まった。

第8章　女王のクロッケー・グラウンド

「こやつは何者だ？」女王がいかめしい口調で言う。問われたハートのジャックはお辞儀をして、へらへら笑うだけ。

「ばか者が！」女王は言って、いらだたしげに頭をつんと持ち上げると、アリスに向きなおった。「子どもよ、名を名乗れ」

「アリスと言います。女王陛下、お会いできて光栄です」アリスはきわめて礼儀正しく言いながらも、心のなかではこんなことを思っていた。ふん、こんなのただのトランプじゃない。束になってやってきたからって怖がる必要なんてない！

「で、この者たちは？」女王がバラの木のまわりにつっ伏している庭師を指さして言う。3人ともうつぶせになっているので、同じ模様のトランプの背中しか見えず、庭師なのか、兵士なのか、廷臣なのか、はたまた自分の子ども3人がつっ伏しているのか、さっぱり区別がつかない。

「知るわけないでしょ。あたしには関係ないもの」ずいぶん強い言葉が出たのに、アリスは我ながらおどろいた。

女王はかんかんに怒って顔を真っ赤にした。しばらく野獣のような目でアリスをにらんでいたかと思うと、いきなり怒声を張りあげた。「この者の首をはねろ！　首を——」

「ばっかみたい！」アリスが大声できっぱりと言ったものだから、女王はしんとなった。

王が女王の腕に片手を置いて、おずおずと言う。「よく考えてごらん、相手はまだほんの子どもだぞ」

女王はむっとして王に背を向け、ジャックに命じる。「こやつらをひっくり返せ！」

ジャックが命令に応じて、トランプを1枚1枚、片足でそっとひっくり返す。

「起きろ！」女王が甲高い声を張りあげると、3人の庭師はそろって飛び上がり、王や女王や王族の子どもたちをはじめ、みんなにぺこぺことお辞儀をしだした。

「やめろーーー！」女王が金切り声を上げる。「目がまわる」それからバラの木に向きなおって、先を続ける。「ここで何をしていた？」

「女王陛下、恐れながら申し上げます」庭師の2がとことんへりくだった口調で言いながら、地面に片膝をつく。「じつは——」

「わかったぞ！」しばらく探るようにバラを見ていた女王が怒鳴った。「この者たちを打ち首にせよ！」そうして行列は先へ進んでいき、あとには兵士3人が不運な庭師を処刑するために残された。庭師たちは守ってもらおうと、アリスのもとへ駆け寄った。

「打ち首になんてさせないわよ！」アリスが言って、近くにある大きな植木鉢のなかに3人を入れた。兵士らは庭師を探してうろうろしていたが、しばらくするとあきらめて、みんなのあとを追いかけて、黙って行進していった。

「打ち首はすんだのか？」女王が怒鳴る。
「首はもうどこにもありません。女王陛下、どうぞご安心を！」兵士らが大声で答えた。
「よし、でかした！」女王が大声で言う。「クロッケーはできるか？」
　兵士たちは黙ってアリスを見つめている。それでアリスは自分が聞かれているのだと気がついた。
「はい！」アリスは大声で言った。
「じゃあ、来るがいい！」女王が怒鳴り、アリスは行列に加わった。さあこれから何が始まるのかと、アリスは興味津々。
「あの──すごくいいお天気ですねえ！」隣からおどおどした声が聞こえた。見れば白ウサギで、アリスの隣を歩きながら、不安そうに顔をのぞきこんでいる。
「そうですね」とアリス。「──ところで、公爵夫人は？」
「シーッ！　シーッ！」白ウサギは小声で言いながら、ずいぶんあせっている。しゃべりながら肩越しにこそこそと後ろのようすをうかがうと、爪先立ちになって背伸びをし、アリスの耳もとでささやく。「打ち首の宣告を受けられたんです」
「どうして？」とアリス。
「かわいそうにと、いまそう言いましたか？」白ウサギが聞く。
「言わない。それほどかわいそうだとは思わないから。なんで打ち首になるのかって、そう言ったの」
「公爵夫人が女王さまをひっぱたいて──」白ウサギが事情を説明しだすと、アリスは思わず笑い声をもらしてしまった。「シーッ！　静かに！」白ウサギがおびえた声でたしなめる。「女王さまに聞きつけられますよ！　じつは公爵夫人は、かなり遅れていらっしゃって、それで女王さまはおっしゃった──」
「みなの者、位置につけ！」女王の大声が雷のようにとどろいた。みんながみんな、てんでんばらばらに走っていき、ぶつかって転がる者が続出したが、しばらくするとみな所定の位置について試合が始まった。こんな奇妙奇天烈なクロッケーの試合なんて見たことないと、アリスはびっくり仰天。地面は畝と溝だらけ、ボールは生きたハリネズミで、木槌は生きたフラミンゴ。背を弓なりに曲げて四つん這いになった兵士たちがボールを通す門になっている。

　何がむずかしいと言って、まず困ったのはフラミンゴの扱いだった。フラミンゴの足をだらんと垂らしたまま、小脇に抱えこむまではいいとしても、その首を棒のようにまっすぐ伸ばして、いざハリネズミをたたこうとすると、たいていフラミンゴが首をねじってこちらを見上げ、いったい何をしてくれるのかと、けげんな顔をする。これにはどうしたって吹き出してしまう。アリスはフラミンゴの頭をなんとか下に向け、あらためてもう一度挑戦する。ところが今度は、丸くなっていたハリネズミがいつのまにか体を伸ばして、そのままそそくさ逃げようとするものだから、頭にくる。そのうえ、いざハリネズミを向かわせたい方向へ打とうとすると、途中に必ず畝か溝があるし、背を曲げて門の役をやっていた兵士たちは絶えず立ち上がってはほかの場所へ歩いていってしまう。まもなくアリスにもわかってきた。これは恐ろしくむずかしい試合だと。

第8章 女王のクロッケー・グラウンド

　選手は順番など待たずにいっせいにプレーする。ひたすら言い争いをし、ハリネズミを取り合って大騒ぎしている。まもなく女王はかんかんになり、あちこちで足を踏み鳴らしては、「この男を打ち首にせよ！」「この女を打ち首にせよ！」と1分ごとに怒鳴り散らす始末。
　しまいにアリスは恐ろしくなってきた。まだ自分は女王と言い争いになってはいないけれど、いつそうなるかわからない。もしそうなったら、あたしはどうなってしまうんだろう？　ここの人たちは首を切り落とすのが何より好きなようで、まだ生き残っている人がいること自体、すごく不思議。
　どうにかして、こっそり逃げられないものかと、あたりに目を走らせたところ、宙に不思議なものが浮かんでいるのに気がついた。いったいあれはなんだろうと、最初はわけがわからずびっくりしたものの、しばらくじっと見ていると、ニカーッという笑いが浮かんでいるのだと気がついた。「チェシャーネコ！　話し相手ができてよかった」アリスは独り言を言う。
「元気かにゃん？」口が現れると同時に、チェシャーネコが言った。
　アリスは相手の目が現れるのを待ってからうなずき、話すのは耳が見えてくるまで待つことにした。耳の片方でも出てこないことには、話したって聞こえないと思ったからだ。するとまもなく頭全体が宙に浮かびあがったので、アリスはフラミンゴを地面に下ろして、チェシャーネコに試合の説明をしだした。誰かに話を聞いてもらえるのがうれしくてたまらない。チェシャーネコは頭だけで十分だと思ったようで、胴体は消えたままだった。
「こんなの公平な試合とは言えない」アリスは不平がましく言う。「みんなひっきりなしに言い争っていて、自分の声も聞こえないんだから。ちゃんとしたルールだってないみたいだし、あったとしても誰もそんなの気にしない。だいたい、道具がぜんぶ生きているんだから、もう大変。たとえば、あたしが次にボールを通そうと思っている門は、グラウンドの反対側にてくてく歩いていってしまうんだから。

第8章　女王のクロッケー・グラウンド

　いまだって、女王さまのハリネズミを打とうとしたら、あたしのハリネズミがくるのを見て走って逃げていっちゃった！」
「女王さまは好きにゃん？」チェシャーネコがひそひそ声で聞いた。
「ぜんぜん」とアリス。「だってあの女王さま——」そこまで言いかけて、女王がすぐ後ろに立って聞き耳を立てているのに気がついた。それでアリスはこう続けた——「どう見たって強いでしょ。女王さまが勝つに決まってるんだから、試合を続ける意味がないもの」
　女王はにんまり笑って歩み去った。
「きみは誰に話しかけているのかね？」王が言い、アリスに近づいてきて、ネコの頭を興味津々で見つめる。
「あたしの友だちです——チェシャーネコ」アリスは言った。「紹介しますね」
「気味が悪いなあ」と王。「だが、わたしの手に口づけをしたいなら、するがいい」
「したくにゃあ」とチェシャーネコ。
「なんと無礼な！」王が言う。「そういう目でわたしを見るな！」言いながら、アリスの陰に隠れてしまった。
「ネコにも王さまを見る権利あり」アリスは言った。「そういうことわざが何かの本に書いてあったと思ったけど、なんの本だったかしら」
「こっちは見たくない」王はきっぱり言い、ちょうど通りかかった女王を呼びとめる。「おお、愛しい人よ！　このネコをどうにかしてくれんかね！」
　女王においては、問題の大小に関わらず、解決方法はひとつしかない。「打ち首じゃ！」ネコを見もせず、いきなり叫んだ。
「わたしが処刑人を呼んでこよう」王が意気ごんで言い、すぐさま駆けだした。
　自分は試合にもどったほうがいいだろうとアリスは思い、試合のようすに目をやると、女王がかんかんになって怒っている声が遠くから聞こえてきた。自分の順番を逃したから打ち首だと、すでに3人の選手に打ち首を宣告しているのを聞いており、なんだかいやな気分になってきた。それにこんなめちゃくちゃな試合では、自分の番がいつなのかもわからない。それでアリスは自分のハリネズミを探しに出かけた。

不思議の国のアリス

　アリスのハリネズミは、べつのハリネズミと喧嘩の真っ最中。敵のボールめがけて自分のボールを打ってぶつけるという、クロッケーの試合において、またとないチャンスだとアリスは思ったが、自分のフラミンゴがグラウンドの反対側に行ってしまったので打つことができない。フラミンゴは１本の木の上に飛び上がろうとしてできず、むなしく翼をばたばたさせている。
　フラミンゴをつかまえてもどってきたときには、もうハリネズミの喧嘩は終わっていて、両方ともいなくなっていた。でも、いたところでどうにもならないと、アリスは思う。門役の兵士が全員グラウンドの反対側に移動してしまっていたからだ。それでフラミンゴが逃げないよう脇にはさみ、チェシャーネコと少しおしゃべりをしようと、そちらへ向かった。
　もどったところ、チェシャーネコのまわりに大勢が集まっていてアリスはびっくり。何やら争いが起きているようで、処刑人、王、女王が論争し、同時にしゃべっているなか、ほかのみんなはしんと黙っていて、なんだか居心地が悪そうだ。
　アリスがもどってきたのを見て、どうにかしてくれと３人がつめよってくる。それぞれが自分の言い分を訴えるのだが、いっぺんにしゃべるので、何を言っているのかよくわからない。
　どうやら、胴体がないのに打ち首にすることはできないというのが処刑人の言い分らしい。これまでそんなことを命ぜられたことは一度もなく、この歳になっていまさ

第8章 女王のクロッケー・グラウンド

らそんなことはしないと言い張っている。
　首があるものならなんだって打ち首にできるというのが王の言い分らしく、そんな理屈に合わないことを言うなと処刑人に反論している。
　女王はと言えば、手っ取り早く何か手を打たないことには、ここにいる全員を打ち首にすると息巻いている（それで集まった全員が、居心地悪そうに黙りこくっていたのだった）。
　アリスは何を言ったらいいのかわからず、仕方なく、「このネコは公爵夫人の飼いネコだから、公爵夫人に聞いてみたらいいと思います」と言った。
　「あの女なら牢獄に入れてあるから、ここに連れてこい」と女王。言われた処刑人は矢のように飛び出していった。
　処刑人がいなくなったとたん、ネコの頭がじわじわと消えていき、公爵夫人を連れてもどってきたときには、もう完全に消えていた。それで王と処刑人はあちこち走りまわって必死になってネコを探し、ほかのみんなは試合にもどっていった。

第9章
ウミガメフーミの身の上話

「お嬢ちゃんにまた会えるなんて、あたしゃ心底うれしいざんす!」公爵夫人はなれなれしくアリスと腕を組み、いっしょになって歩いていく。

　公爵夫人の愛想がいいので、アリスはずいぶんほっとした。台所で会ったとき、あれほどピリピリして残酷なふるまいに及んだのは、コショウのせいだったにちがいない。そこでアリスは、自分が公爵夫人だったらと——あまり気が進まないながら——考えてみる。台所にはコショウみたいなものは一切置かないようにしよう。コショウなんて入れなくたってスープはおいしいんだし、コショウを取りすぎると、ピリピリ怒りっぽくなるにちがいない。新しい法則を見つけたのに気をよくして、アリスはどんどん考えをふくらましていく。お酢をいっぱい取ると、つんつん不きげんになる。カラシをいっぱい取ると辛口な発言が多くなる。砂糖や飴みたいに甘いものをいっぱい食べて育つと、子どもは甘く優しくなる。そういうことが知れわたれば、甘い物をどんどん食べさせてもらえるんだけどな。

　気がつくと自分の考えに夢中になって、公爵夫人のことはすっかり忘れていたものだから、耳もとでいきなりささやかれて、アリスはドキンとした。「あんたは何か考えごとをしていて、おしゃべりするのを忘れちゃったざんすね。さて、ここから導き出せる教訓は何か。いまは言えないけれど、すぐ思い出すざんすよ」

第9章　ウミガメフーミの身の上話

「たぶん教訓なんか、何もないと思います」アリスは言い返した。
「お嬢ちゃんは、わかってない！」と公爵夫人。「どんなことにも教訓は含まれているざますよ。要は導き出す力があるかどうか」話しながら公爵夫人はアリスの脇にぐいぐい体を押しつけてくる。

アリスにしてみれば、あまり気分のいいことではなかった。第一に、公爵夫人の顔は醜い。さらに、アリスの肩にあごをのせるのにぴったりの背丈で、のせてきたとがったあごが肩に食いこんでくるような気がする。それでも失礼があってはいけないと思って、アリスはできるだけ我慢した。「試合、この先はうまく回っていきそうな感じです」そう言って話が途切れないよう、少し気をつかう。

「ほうらほら」と公爵夫人。「ここからも教訓を導き出せるざます——つまり、"愛"。"愛があれば、世界はちゃんと回る"！」

「あのう」アリスはおずおずと言う。「他人のことなどほっとくに限る、そうすりゃ、世界はずっと速く回るって、そう言う人もいましたけど」

「簡単に言えばそういうことざます！」アリスの肩にとがったあごを食いこませながら夫人は続ける。「そこから導き出される教訓は——"大同小異、うるさいこと言いっこなし"！」

この人、なんでもかんでも教訓を導くのが大好きなんだと、アリスはあきれる。

「ひょっとして、どうしてあたしが、お嬢ちゃんの腰に腕を回さないんだろうって、不思議に思ってる？」少しして、公爵夫人が言った。「そのフラミンゴ、油断ならないからざんす。ちょっと実験してみようかね？」

「噛みますよ」アリスは慎重に答えた。そんな実験には心引かれない。

「そうそう、そうざんす！」と公爵夫人。「フラミンゴは噛むし、カラシも舌に噛みついてぴりっとする。ここから導き出せる教訓は——"同じ羽毛の鳥は一か所

第9章　ウミガメフーミの身の上話

に集まる"――言い換えれば、"類は友を呼ぶ"ってことざます」
「でもカラシは鳥じゃありません」アリスが教えた。
「今度もお嬢ちゃんは正しい！」と公爵夫人。「じつに明快だ！」
「たぶん、鉱物じゃないかと」アリスが言った。
「そうそう、そうざんす！」と公爵夫人。アリスが言ったことには何でもすぐ賛成するようだった。「このあたりに、カラシが埋蔵されている大きな鉱山があるんざます。ここから導き出せる教訓は――"カラシは鉱山より出でて、鉱山より辛し"」
「あ、わかった！」とアリス。公爵夫人の導き出した教訓など聞いていない。「野菜だ。そうは見えないけど、カラシは野菜」
「そうそう、そうざんす！」と公爵夫人。「そこから導き出せる教訓は、"これはこういうものだろうと周りが思うとおりであれ"――いやいや、もっと簡単に言うなら――"まさかそうじゃないだろうと他人の目に映るようなものが自分であるとか、過去にはそうだったかもしれない、いや、そうだったかもしれないの反対かもしれない、いや、そうではなかったの反対かもしれないと他人が思うものが、自分であると思ってはならない"」
「あのう、紙に書いてくださったらもっとよくわかるかもしれません」アリスはずいぶん下手に出て言う。「耳で聞いてもさっぱりわからないんです」
「なんのこれしき！　まだまだいくらでもむずかしく言えるざますよ」公爵夫人が得意げに言う。
「いいえ、もうこれ以上長くおっしゃらなくてもけっこうです」とアリス。
「遠慮は無用ざんす！」と公爵夫人。「なんなら、これまで話したことをぜんぶまとめてプレゼントするざます」
　なんて安上がりなプレゼントだろうとアリスは思う。そんなものを誕生日プレゼントにされたらたまったもんじゃない。けれども口に出して言う勇気はなかった。
「また考えごと？」公爵夫人がとがったあごをまたもやアリスの肩に食いこませる。
「わたしにだって考える権利はあります」アリスはぴしゃりと言った。ちょっといらついてきたのだ。
「ぜんぜん悪くないざます」と公爵夫人。「ブタにだって飛ぶ権利はある。そこから

不思議の国のアリス

　導き出せる教──」
　"教訓"という大好きな言葉も言い終わらないうちに、公爵夫人の声が急に途切れ、アリスと組んでいた腕がぶるぶる震えだした。おどろいたアリスが顔を上げると、目の前に女王が腕組みをして立っていた。怒りに顔を曇らせ、いまにも大嵐がやってきそうだ。
　「陛下、いいお天気ざーますね」公爵夫人は小声でおどおどと話しだした。
　「警告だ！」女王が地団駄を踏みながら怒鳴る。「おまえか、おまえの首か。どっちかがいますぐ消え失せるのだ。どっちがいいか選べ！」
　公爵夫人は選び、一瞬のうちに姿を消した。
　「では、ともに試合へ」女王がアリスに言った。アリスは恐ろしくて声も出せなかったが、女王のあとに従ってゆっくりとクロッケー・グラウンドへ向かった。
　ほかの客たちは女王がいないのをいいことに木陰で休んでいたが、帰ってきたと見るなり、あわてて試合にもどった。女王はそれを見て単に、「一瞬の遅れは命取り」と告げるだけだった。
　それからも試合が続く限り、女王は他の選手としょっちゅういさかいを起こし、そのたびに、「この男の首をはねろ！」「この女の首をはねろ！」と怒鳴っている。女王に刑を宣告された者は兵士たちに連れ去られたが、そのおかげで、兵士が次々と門の役を降りて出ていってしまう。選手も続々と刑の宣告を受けて消えていき、30分もしないうちに、王と女王とアリス以外、グラウンドには誰もいなくなってしまった。
　そこで女王は試合を中断し、はあはあ息を切らしながらアリスに言った。「そなたはもう、"ウミガメフーミ"には会ったかの？」
　「いいえ」とアリス。「ウミガメフーミさんって何者ですか？」
　「ウミガメ風味のスープをつくるのに必要な、ウミガメのまがいものだ」と女王。
　「見たことも、聞いたこともありません」
　「では、ついてきなさい。あやつがどんな人生を送ってきたか、話を聞かせてやろう」
　いっしょに歩いていく途中、王がみんなに「全員釈放だ」と小声で言っているのが聞こえて、アリスは心のなかで「やった！」と叫んだ。女王が誰かれ構わず刑を宣告するのを聞くたびに、気が気でなかったのだ。

第9章　ウミガメフーミの身の上話
❦

まもなく、日射しを浴びてぐっすり眠っているグリフォンに出くわした（グリフォンがどんなものか知らなければ、挿し絵を見るべし）。「このナマケモノが、起きろ！」女王が言う。「この娘をウミガメフーミのところへ連れていって、あやつの身の上話を聞かせておやり。わたしはもどって、刑の執行を見届けねばならん」そう言って女王が行ってしまうと、アリスはグリフォンとふたりきりになった。ぶきみな姿は見ているだけでぞっとしたが、考えてみれば、あの残酷な女王のあとについていくのも同じようにぞっとする。それで結局ここにいることにした。
　グリフォンが背を起こし、目をごしごしこする——しばらく女王の後ろ姿をじっと見ていたが、完全に消えてしまうと、ヒヒヒと笑いだした。「まったく笑わせてくれるぜ！」独り言のようにも、アリスに言っているようにも聞こえる。
「何がおかしいの？」とアリス。
「あの女だよ」とグリフォン。「おかしな夢を見てんだよ。実際は、処刑なんてするわけねえ。そら、ついてきな！」
　またた。なんだってみんな偉そうなんだろうと、アリスは思う。こんなに命令ばかりされるのは生まれて初めてだった。
　まもなく遠くのほうにウミガメフーミの姿が見えてきた。小さな岩の上に、ひっそりと悲しそうにすわっている。近づいていくと、深いため息をついているのがわかった。悲しみに胸が張り裂けそうな感じで、アリスはたまらなくかわいそうになってきた。「何が悲しいのかしら？」グリフォンに聞いてみる。するとグリフォンがさっきとほとんど同じことを言った。「おかしな夢を見てんだよ。実際は、悲しむことなんぞ何もねえ。ほら、行くぞ！」
　それですぐそばまで行ったところ、ウミガメフーミが大きな目に涙をたっぷりためて、こちらをじっと見た。しかし何も言わない。

「この娘が、あんたの身の上話を聞きたいそうだぜ」とグリフォン。
「いいとも、聞かせてしんぜよう」ウミガメフーミの太い声がうつろに響く。「ふたりともすわって、話が終わるまで、しーんとしているならば」
　言われたとおりにすわって、アリスとグリフォンはもちろん、ウミガメフーミまでが口をつぐんでしーんとしている。話しはじめなかったら、話は終わらないのにと、アリスはじれったくなる。それでも辛抱強く待った。
「わしもむかしは――」深いため息とともに、ようやくウミガメフーミが話しだした。「本物のウミガメだったのだ」
　それだけ言うと、またもや長いこと黙りこんだ。時々グリフォンが「ヒャックルー！」とすっとんきょうな声をあげたり、ウミガメフーミがぐすぐす泣いたりするだけで、あとはしーんとしている。しまいにアリスのいらいらが頂点に達して、いまにも立ち上がって「とても面白かったです。ありがとうございました！」と言いそうになったけれども、きっとこの先にこそ面白い話が待っているんだという気もしたから、何も言わずにすわっていた。
「わしらが幼き頃は」ウミガメフーミがようやく口をひらいた。時々まだすすり泣きが交じるものの、ずいぶん落ち着いたようだ。「海の学校に通っておってのう。先生は年寄りのウミガメだが、子どもらからは、タツノオトシゴと呼ばれておった――」
「ウミガメなのに、どうしてタツノオトシゴ？」アリスが聞いた。
「先生は教壇にタッノがオシゴトだろうが！」ウミガメフーミがむっとして言う。「おまえさん、頭は大丈夫かね？」
「ジョーシキだぜ、ジョーシキ」とグリフォン。ウミガメフーミもグリフォンもあきれた顔で、アリスに冷ややかな目を向けている。かわいそうに、アリスは穴があったらすぐにでも入りたい気持ちだった。やがてグリフォンがウミガメフーミをせっついた。「なあご老体、さっさと話してやれよ。こんな調子じゃ日が暮れちまうぜ！」それでウミガメフーミは先を続けた。
「それもそうだ。わしが海のなかにある学校に通っていたと言ったところで、おまえさんはどうせ信じないだろうがな――」

不思議の国のアリス

「信じないなんて言ってない!」アリスが口をはさんだ。

「いま、言いおったぞ」とウミガメフーミ。

「口をはさむんじゃねえよ!」グリフォンに言われてアリスは口をつぐみ、ウミガメフーミが先を続ける。

「一流の教育を授けてくれる海の学校に、わしらはなんと毎日通い——」

「あたしだって、家から毎日通ってます」とアリス。「べつに自慢するようなことじゃないと思いますけど」

「じゃあ聞くが、おまえさんの学校に特別科目はあるのかい?」ちょっと不安げにウミガメフーミがきく。

「ありますよ。フランス語と音楽を勉強しました」とアリス。

「洗濯は?」とウミガメフーミ。

「そんな科目、ありません!」アリスが憤然として言った。

「そら見たことか! お前さんの学校は、やはり二流だ」心からほっとした口ぶりでウミガメフーミが言う。「わしの通っていた学校の請求書には、"フランス語、音楽、洗濯——これらは別料金"という、ただし書きが末尾にあるのだ」

「洗濯なんて必要ないでしょ。海の底で暮らしてるんだから」

「いずれにしろ、うちにはその料金を出す余裕がなかった」ウミガメフーミがため息をついて言う。「習ったのは通常の授業だけ」

「どんな授業?」アリスは聞いた。

「まずは"読み書き算盤"が基本だろうが——つまり呼び方、欠き方と"細かき計算"だ」ウミガメフーミが説明する。「計算もいろいろありましてな——足し算、引き算から始まって、暗算、検算、爺算、婆算」

「えっ、ジー算、バー算?」アリスは思い切って聞いてみる。「それって何?」

グリフォンがおどろいて両手をぱっと挙げた。「うそだろ! 爺算、婆算を知らねえなんて!」すっとんきょうな声を上げる。「じゃあ、兄算、姉算なら知ってるか?」

「それは」アリスは自信なさそうに言う。「つまり——兄弟、姉妹といった家族で」

「それだよ、それ」グリフォンが続ける。「あんた、爺算、婆算を知らないなんて、またジョーシキ疑われるぜ」

— 136 —

第9章 ウミガメフーミの身の上話

⚜

　こうまで言われて、それ以上つっこんで聞く気にはなれない。それでアリスはウミガメフーミに向きなおって言った。「ほかには、どんな授業を?」
「まずは海の歴秘」ウミガメフーミが答えた。ヒレを振って授業の科目数を勘定しながら続けていく。「——それも古代秘、現代秘があって、海の塵学とからめて勉強する。それから海画もありましたな——海画の先生は年寄りの墨イカだった。週に1回やってきて、水墨画しかやらせず、イカものばかり描かせてイカがわしい」
「墨って、海中でにじまない?」とアリス。
「描いて見せたいところだが、わしはぶきっちょだ。グリフォン、おまえさんも結局モノにならなかったんじゃないか」
「ありゃあ、はんぱな時間じゃできねえぜ」とグリフォン。「かわりにオレは、古典語をとことんやった。先生はカニのじいさんだった」
「わしは結局一度も習えなかった。その先生はじいさんのくせに体育会系で、合点語も牛車語も体で覚えさせるという噂だったがなあ」ウミガメフーミがため息をつく。
「そうだった、そうだった」今度はグリフォンがため息をついたと思ったら、ふたりして両手で顔を覆ってしまった。
「それで、授業は1日何時間?」また泣きだされたら大変だと思い、アリスは急いで話題を変えた。
「初日は10時間」ウミガメフーミが答えた。「その次の日は9時間、その次の日は8時間と、時間が引かれる」
「それ、すごく変わってる!」アリスはおどろいた。
「先生が寒いジョークばっかし飛ばしやがる。それで、みんな引いちまうってわけよ」
　こんな妙な話は聞いたことがない。アリスはちょっと考えてみたところ、あっとひらめくものがあった。「そうすると、11日目はお休み?」
「ああ、そうだ」とウミガメフーミ。
「じゃあ、12日目はどうなるの?」アリスが勢いこんで聞く。
「授業の話はそこまでだ」グリフォンがやけにきっぱりと言った。「次はダンスの話をしてやってくれ」

　ウミガメフーミは深いため息をつき、ヒレの裏で目元をさっとぬぐった。アリスをじいっと見つめ、話をしようとしたところ、涙にむせんで、しばらくはうっうっと声をつまらせた。「喉に骨がつまったようなもんだ」グリフォンが言って、ウミガメフーミの体を揺さぶり、背中をドンドンとたたきだした。やっと声が出るようになり、ウミガメフーミは涙で頬をぬらしながら、また話しはじめた。

「おまえさんは海の底でそれほど長く暮らしたことはないだろう（「ないです」とアリスは言った）。だからおそらくロブスターに引き合わせてもらったことはない（食べたことはある、と言おうとしてアリスはやっぱりやめる）。となると、ロブスター・ダンスがどれだけ愉快なものか、まったくわからんだろう！」

「ええ、さっぱり」とアリス。「どんなダンスなんですか？」

「まずはだな」とグリフォンが説明しだす。「海岸に沿って１列に並び――」

「２列だ！」ウミガメフーミが声を張りあげる。「アザラシ、ウミガメ、サケなんぞが順々に並び、それから邪魔なクラゲをきれいさっぱり取り除き――」

「これがすげえやっかいで、めちゃくちゃ時間がかかるんだ」グリフォンが口をはさむ。

「――２歩進んで――」ウミガメフーミが続けた。

「その前に、各自が１匹ずつロブスターをパートナーにするんだろうが！」今度はグリフォンが声を張りあげた。

「そうだったのう」ウミガメフーミが言う。「ロブスターとペアになって前に２歩進み、相手と向き合い――」

第10章　ロブスター・ダンス

「──お隣さんとロブスターを交換して、また同じように後ろへ2歩下がんだよ」
「そうして、そこで」ウミガメフーミが続ける。「ロブスターを──」
「ポーンと放り投げる！」グリフォンが勢いよく宙に飛び上がって叫んだ。
「──海に向かって、できるだけ遠くへ──」
「そこまでやったら、今度はロブスターの落ちた場所へ泳いでくんだ！」グリフォンが興奮してキンキン声を張りあげた。
「しからば海中で、グルッと1回でんぐり返し！」ウミガメフーミも派手に飛び上がって大声をあげる。
「そこでまたロブスターを交換！」グリフォンが声を限りに叫ぶ。
「交換したらまた岸にもどって、最初から同じように始めるのだ」ウミガメフーミが急に声を落として言ったかと思うと、グリフォンともども、しゅんとなってすわりこんだ。さっきまでばか騒ぎをしていたのに、いまは黙ってアリスを見つめている。
「そのダンス、なんかすごく面白い気がする」アリスがおずおずと言う。
「実際にちょっと見てみたいと思わんかね？」とウミガメフーミ。
「ぜひぜひ」とアリス。
「では、さわりをやってみせよう！」ウミガメフーミがグリフォンに言う。「ロブス

不思議の国のアリス

ターがいなくてもできるぞ。さて、どっちが歌おうかのう？」
「そりゃあ、あんただ」とグリフォン。「オレは歌詞を忘れちまった」
　それでグリフォンとウミガメフーミは大まじめに踊りはじめた。ともに手を振って拍子を取りつつ、アリスのまわりをぐるぐる回り、時々近づきすぎて、足先を踏んづけてしまう。ウミガメフーミの歌声はことのほか悲しげに、ゆるゆると流れていく。

　「ねえねえ、も少し早く進んでよ」タラがカタツムリに言うのです
　「イルカが後ろに迫ってる　尾びれ踏んづけられちゃうよ
　ロブスターもウミガメも、ダンスに向けて大ハッスル！
　岸にはみんながお待ちかね　きみもいっしょにどうだろう？
　行ッタラいいよ！　行くでしょう？　踊ッタラいいよ、踊るでしょう？
　行ッタラいいよ！　行くでしょう？　踊ッタラいいよ、踊るでしょう？」

　「どれだけ愉快か、わかんない
　ポーンと飛んでる海の上！　ロブスターといっしょにね！」
　でもカタツムリはムッツリ顔「ムリ、ムリ、遠すぎるよ」と尻ごみ
　「誘ってくれてカタじけない、でもダンスはカターくお断り
　カタ道だって遠いでしょ？　ツけない、ムリだよ、カタツムリには
　カタ道だって遠いでしょ？　ツけない、ムリだよ、カタツムリには」

　「遠いからって、何がいけない？」タラがカタツムリに言うのです
　「遠くへいけば、向こう岸が近くなる
　イギリス遠く離れたら、間近にフランス迫ってくるよ
　カタ意地張るな、カタツムリ　きみもいっしょに踊ろうよ
　行ッタラいいよ！　行くでしょう？　踊ッタラいいよ、踊るでしょう？
　行ッタラいいよ！　行くでしょう？　踊ッタラいいよ、踊るでしょう？」

第10章　ロブスター・ダンス

　「ありがとう。とっても楽しいダンスだった」とアリス。ようやく終わってくれてほっとしていた。「それにタラが出てくる歌も面白かった」
　「そうそう、タラと言えば」ウミガメフーミが言う。「おまえさんはもちろん、やつらに会ったことはあるんだろうね？」
　「はい」とアリス。「しょっちゅう晩ごは——」あわてて口を閉ざす。
　「バンゴハという場所は知らないが」とウミガメフーミ。「そこでしょっちゅう会っているのなら、どんな姿形をしているか知ってるだろう」
　「はい、だいたいが——」アリスは考え考え言う。「しっぽを口にくわえてて——全身パン粉だらけで」
　「パン粉はちがうぞ」ウミガメフーミが言った。「海のなかじゃあ、いくらパン粉をはたいてもぜんぶ洗い流されてしまう。だが、確かにしっぽを口にくわえてはいる。なぜなら——」ここでウミガメフーミはふわーっとあくびをし、目をつぶってしまった。「この子に理由を話しておやり」グリフォンにあとを任せた。
　「それはだな」とグリフォン。「タラってのは、よくロブスターとダンスをする。で、いっしょに海へぽーんと放り投げられる。そんときに、しっぽをがちっとくわえちまうんだな。そうなると、もう二度とはずれなくなる。とまあ、そういうことだ」
　「ありがとう。すごく勉強になった。タラについて、こんなにいろいろなことを知ったのは初めて」
　「なんなら、もっと教えてやるぜ」とグリフォン。「どうして英語ではタラの一種をホワイティングっていうか知ってるかい？」
　「考えたこともなかった」とアリス。「どうしてなの？」
　「タラが靴とブーツを磨くからだよ」グリフォンが大まじめで言う。
　アリスにはまったく訳がわからない。「靴とブーツを磨くの?!」びっくりして、相手の言葉をオウム返しにする。

「ほら、あんたの靴。どうしてそんなにぴかぴかしてるんだい？」
　アリスは自分の靴に目を落とし、少し考えてから答えた。「靴墨で磨いてるから」
「海底では、靴やブーツは靴白で磨く」グリフォンは力をこめて言った。
「じゃあ、海底で履く靴は何からできてるの？」アリスは興味津々で聞いた。
「ヒラメ（靴の底を英語でソールと言う）とウナギ（靴のかかとはヒールだが、ロンドンなまりでは、イールと発音する）に決まってんだろうが」グリフォンが少しいらだった口調で言った。「それぐらいのこと、そのへんにいるエビだってみんな知ってるぜ」
「あたしがタラだったら」アリスの頭のなかでは、まだあの歌が聞こえている。「イルカに言ってやる。『ちょっと下がってよ——くっついてこないで！』って」
「タラにはイルカがつきものなのだ」とウミガメフーミ。「分別のある魚なら、イルカなしで旅をするようなことはまずしない」
「本当に？」アリスにはとても信じられない話だった。
「ああ、本当だ」ウミガメフーミが言う。「魚がわしのところへやってきて、これから旅に行くんですと言ったら、わしは必ず聞く。『旅の道連れはイルカ？』ってね」
「『うん、いるよ、クジラだよ』って、そう答える魚がいるかもしれない。つまり、イルカじゃなくてもいいんじゃないの？」
「おまえさん、人の揚げ足を取るつもりかね」ウミガメフーミがむっとして言う。するとグリフォンが取りなした。「まあまあ、今度はこの娘の冒険話を聞こうじゃないか」
「冒険って——今朝からのことなら話せるけど」アリスはちょっとためらった。「昨日までさかのぼっても意味ないと思うの。そのときは別人だったから」
「どういうことか、説明してくれんかね」とウミガメフーミ。
「だめだ、だめだ！　冒険話が先」グリフォンがじれったそうに言う。「説明なんてさせた日にゃ、いくら時間があっても足りないぜ」
　それでアリスは、白ウサギと出会ってから始まった冒険について、初めから話していった。最初はちょっとどぎまぎした。両隣にすわったグリフォンとウミガメフーミが目と口をあんぐりぱっくり、とびっきり大きくあけて、体がくっつきそうなほど迫ってきたからだ。それでも話しているうちにだんだんにアリスの緊張も解けていき、グリフォンとウミガメフーミも黙って聞き入っている。やがてアリスが芋虫に言われ

第10章　ロブスター・ダンス

て"さて、ウィリアム神父(ファザー)"を暗唱する場面に入った。ぜんぜんちがう言葉が口から出てきたことを話すと、ウミガメフーミが長いため息をついて、「そりゃ、なんとも妙(みょう)だ」と言った。
「奇妙奇天烈(きみょうきてれつ)、摩訶不思議(まかふしぎ)」とグリフォン。
「いやはや、どう考えてもおかしい」ウミガメフーミが考え顔でまた言った。「こうなったら、実際に聞いてみたほうがよろしいな。ひとつここで、やらせてみたらいい」そう言ってグリフォンに目を向ける。まるでグリフォンが命じればアリスがなん

でもやると思っているようだ。
「じゃあ起立して、"みだれすぎた無精者(ぶしょうもの)"を暗唱しな」とグリフォン。
　なんだってこの世界の生き物は、なんでもかんでも命令して、暗唱までさせるんだろう、これじゃ学校にいるのと同じじゃないと、アリスは心のなかで思う。立ち上がって暗唱を始めたものの、頭のなかはロブスター・ダンスでいっぱいだったから、自分が何を口にしているのか、ほとんどわかっていない。それでもう、出だしから奇妙(きみょう)奇天烈(きてれつ)な暗唱になってしまった――。

　　　焼かれすぎたロブスター、これじゃスターの名がすたる
　　「全身茶色はあんまりだぜ！　髪(かみ)に砂糖(さとう)をふりかけろ！
　　　ベルトもボタンもきちんと留(と)めて、鼻(はな)をつかって爪先(つまさき)ひらく
　　　カモならまぶたをつかうがよ、オレさま全部鼻でやる」
　　　潮(しお)が引いてくりゃ、いばりほうだい
　　　サメの悪口言いたいほうだい
　　　けれど潮が満ちてきて、サメがゆうゆう来たならば
　　　スターもかたなし、いくじなし

「オレが子どものときに暗唱していたのと、ずいぶんちがうぞ」とグリフォン。
「わしは初めて聞いた」とウミガメフーミ。「ここまで意味不明な詩は珍(めずら)しい」
　アリスは何も言わなかった。すわりこんだまま、両手に顔を埋(うず)めて考えている――もう二度ともとの自分にはもどれないのかしら。
「ここはきちんと説明をしてもらわんとな」とウミガメフーミ。
「こいつに説明なんかできねえよ」グリフォンがすかさず言った。「2番を暗唱してみな」
「しかし、爪先をひらくというのは、いかなるものか？」ウミガメフーミが食い下がる。「鼻で爪先をひらくなんてことができるものだろうか？」
「ダンスの第1ポジションは爪先をひらきますよ」とアリスは言ったものの、だからといって話の筋(すじ)が通るわけもなく、頭のなかはもうぐちゃぐちゃ。早く話題が変わら

ないかと思っている。
「いいから、2番をやれって」グリフォンがいらいらしてせっついた。「ほら、"庭を通りかかったら"で始まるやつ」
　断る勇気はアリスにはなかった。でもきっとまたへんてこりんな暗唱になるにちがいないとわかっている。震える声で2番を暗唱しだした——。

　　庭を通りかかったら見えました
　　皿にのったミートパイ1個
　　ヒョウとフクロウの食事です
　　パイの皮も中身もソースもヒョウがもらい
　　フクロウがもらったのは皿1枚
　　パイを腹に収めたヒョウは、これもとっとけと太っ腹
　　フクロウにスプーンをやって、自分は両手にナイフとフォーク
　　ガオーッと吠えて、締めの料理をいただきま——

「そんなものを最後まで暗唱して、なんの役に立つのかね？」ウミガメフーミが口をはさんだ。「どういう意味か説明もできないというのに。何から何まで無茶苦茶じゃないか！」
「だよな、このへんでやめとこうぜ」とグリフォン。そう言われてアリスは心からほっとした。
「みんなでロブスター・ダンスの2番でもやるか？」グリフォンが言う。「それとも、あんた、ウミガメフーミに歌を歌ってもらいたいか？」
「歌ってほしい！　歌ってくれたら、すっごくうれしい！」アリスがあまりにそっちに乗り気なので、グリフォンはちょっと面白くない。「ふん！　人の好みはわかんねえ！　じゃあ、こいつに歌ってやってくれ。ほら、"ウミガメスープ"の歌をさ」
　ウミガメフーミは深々とため息をついてから歌いだした。途中何度か泣きそうになって喉をつまらせながら、こんな歌を歌った。

第10章 ロブスター・ダンス

　　　緑の色も美しい、こってりとろとろウミガメスープ
　　　鍋からあがる湯気(ゆげ)も愛(いと)しや熱々スープ！
　　　誰(だれ)もが虜(とりこ)の魔法(まほう)のスープ！
　　　今夜はスープで、お顔にっこり！
　　　今夜はスープで、心ほっこり！
　　　その名も麗(うるわ)しき、ウミガメ・スウーーープ！
　　　緑美し、ウミガメ・スウーーープ！
　　　ウミガメ・スウーーップ、今夜のスウーーーップ！
　　　おなかいっぱい、**ウーーーップ！**

　　　何より食べたくなるものは、こってりとろとろウミガメスープ
　　　ちょっとでもいい、絶品スープ！
　　　あるだけ飲んじゃう、あとひきスープ！
　　　魚もいらない、肉もいらない！
　　　だけどウミガメスープがなくちゃ味気(あじけ)ない！
　　　その名も麗しき、ウミガメ・スウーーープ！
　　　緑美し、ウミガメ・スウーーープ！
　　　ウミガメ・スウーーップ、今夜のスウーーーップ！
　　　おなかいっぱい、**ウーーーップ！**

「サビの部分をもう1回！」グリフォンが叫(さけ)び、ウミガメフーミがその部分をまた歌いだしたとき、「裁判開始(さいばん)！」と、遠くで大きな声が響(ひび)きわたった。
「行くぞ！」グリフォンは歌が終わるのも待たずにアリスの手をつかんで駆(か)けだした。
「なんの裁判？」アリスも走りながら、息を切らして聞く。ところがグリフォンは「行くぞ！」と言うばかりで、どんどんスピードを上げていく。そよ風が後ろから、ウミガメフーミの悲しげな歌声を運んでくるものの、それも徐々(じょじょ)に小さくなっていく。

　　　ウミガメ・スウーーップ、今夜のスウーーーップ！
　　　おなかいっぱい、**ウーーーップ！**

　ふたりが着いたとき、ハートの王と女王はそれぞれの玉座にすわっていて、大勢に取り囲まれていた——トランプのカード1組のほか、あらゆる種類の小鳥や獣が集まっている。その大集団を前に、鎖につながれたハートのジャックが、両脇を兵士に守られて立っていた。王の近くには白ウサギが、片手にラッパ、もう一方に羊皮紙の巻物を持って立っている。法廷のどまんなかにテーブルがひとつ据えられ、タルトをずらりと並べた大皿がのっている。それがたまらなく美味しそうで、アリスは見ているだけでお腹が猛烈にすいてきた。裁判なんてさっさと終わらせて、早くあのおやつをみんなに配ってくれないかなと、心のなかで思う。どうもそうはいかないようだったので、まわりをきょろきょろ見回して時間をつぶす。
　実際に法廷に入ったことはなかったが、本で読んだことがあったので、何がどうなっているのか、ほぼわかっている。それがアリスにはうれしかった。「あれが裁判官だ」と、また独り言が始まった。「ああいう大げさなカツラをつけているんだよね」
　ところで、裁判官をつとめているのは王だった。カツラの上に王冠をかぶっているので（どんな感じなのかは、章扉の絵［152-153ページ］を見るべし）、なんとも収まりが悪く、まったくさまになっていない。
　「でもって、あれが評決を下す人たちの席。あそこにいる12匹の生き物（動物も鳥もいるので、ここは正確に"生き物"と呼ぶことにした）が陪審員」最後の言葉は自

第11章 タルトを盗んだのは誰？

慢げに、二、三度口にしてみる。自慢して当然だとアリスは思っている。確かにアリスと同じ年で「陪審員」なんて言葉を知っている女の子はそうはいない。ただし、そんなたいそうな言葉をつかわなくても、"評決を下す人"と言えば事は足りるのだが。

12匹の陪審員がみな、石板にせわしなく何か書きつけている。「あそこのみんな、何やってるの？」アリスはひそひそ声でグリフォンに聞いてみる。「まだ裁判は始まってないんだから、何も書くことはないはずだけど」

「自分の名前を書いてるんだ」グリフォンもひそひそ声で言う。「裁判が終わるまで覚えていられるかどうか、不安なんだよ」

「バッカじゃないの！」アリスは大声で言いかけたものの、「法廷では静粛に！」と白ウサギに怒鳴られて、あわてて口をつぐんだ。いましゃべったのは誰だろうと、王は眼鏡をかけて周囲をそわそわ見回している。

陪審員は陪審員で、ひとり残らず石板に"バッカじゃないの！"と書いている。しかもひとりは正しい字が思い出せずに近くの陪審員に聞く始末。アリスにはそういうことの全部が、まるで陪審員の肩越しにのぞき見たかのように、はっきりわかった。これじゃあ裁判が終わる頃には、石板の文字はぐっちゃぐちゃになっているだろうとアリスは思う。

陪審員のひとりは、キイキイといやな音を立てながら石筆を動かしている。もちろん、アリスは我慢できず、法廷をぐるっと回ってその後ろに入り、相手の隙を見つけて石筆をさっと取ってしまった。それがまた見事な早業だったものだから、哀れな陪審員（トカゲのビル）は、いったい何が起きたのかさっぱりわからない。しばらくあ

第11章　タルトを盗んだのは誰？

たりをきょろきょろ見回して石筆を探していたが、どこにも見つからないので、その日はずっと一本指で書くしかなかった。指で書いても石板には何も残らないから、実際そんなことをしてもまったく意味はないのだが。

「使者よ、罪状を読みあげよ！」王が言った。

これに応えて白ウサギがラッパを3回鳴らしてから、巻いてある羊皮紙を広げて、次のような罪状を読みあげた。

　　ハートの女王がタルトをおつくりになりました
　　夏の1日にぜんぶおつくりになりました
　　それを召し使いのハートのジャックが、
　　そっくり盗んで消えたのです！

「評決をまとめよ！」王が陪審員たちに言った。
「まだです、まだ！」白ウサギがあわてて口をはさんだ。「その前にやるべきことが山ほどあります！」
「最初の証人を呼びなさい」王が言うと、白ウサギがラッパを3回鳴らしてから、「最初の証人！」と大声で呼び出した。

最初の証人は帽子屋だった。片手にティーカップ、もう一方の手にバター付きパンを持ってやってきた。「国王陛下、申し訳ありません。呼び出されたとき、まだお茶の最中だったものですから」

「もうとっくに終わっているはずだぞ」と王。「いったいいつから始めたんだ？」
　帽子屋は、ヤマネと腕を組んであとから入ってきた三月ウサギに目を向けた。「3月14日だったと思います」と帽子屋。
「15日」と三月ウサギ。
「16日」とヤマネも言いそえる。
「書き取りなさい」王が言うと、陪審員はみなしゃかりきになって3つの日付を石板に書き取り、それをぜんぶ足してから、何シリング、何ペンスと金額に換算した。
「帽子を取りなさい」王が帽子屋に言う。
「これ、わたしの帽子じゃないんです」と帽子屋。
「盗んだな！」王が声を張りあげて陪審員席に顔を向けると、陪審はその事実を即座に書き取った。
「売るために取ってあるんです」帽子屋は説明する。「自分のものはひとつもありません。帽子屋なんですから」
　これを聞くなり女王は眼鏡をかけ、帽子屋の顔をしげしげと見はじめた。帽子屋の顔から血の気が引き、緊張してもじもじした。
「証言しなさい」と王。「もじもじするんじゃない。やめないと即刻死刑に処すぞ」
　そんなことを言われて、帽子屋はますます緊張してしまったようだ——左右の足に交互に体重を移し、ぐらぐら揺れながら、いたたまれないようすで女王の顔をうかがっている。緊張のあまり、バター付きパンのかわりにティーカップをがぶりとやって、カップを大きく欠いてしまった。
　ちょうどそのとき、アリスはなんとも妙ちくりんな気分を味わっていた。何がなんだか訳がわからず、しばらく呆然としていたが、やがて事情がつかめてきた。また体がぐんぐん大きくなりはじめたのだ。最初、すぐに立ち上がって法廷の外に出ようと思ったが、まだ空間に余裕はあるので、壁をつきぬけないでいられるあいだは残っていようと思い直した。
「そんなにぎゅうぎゅう押してこないでよ」アリスの隣にすわっていたヤマネが文句を言いだした。「息をするのも苦しいよ」
「しょうがないの」アリスはごくごく遠慮がちに言った。「成長しているんだから」

「ここでは成長なんかしちゃいけないんだぞ」とヤマネ。
「ばかなことを言わないでよ」アリスは思い切って言ってみる。「あなただって、成長してるでしょ」
「うん。でもぼくは常識的なスピードで成長しているから」とヤマネ。「そんなばかげた成長の仕方はしない」そう言うと、ヤマネは席をついと立ち上がり、ぷりぷりしながら法廷の反対側へと歩いていった。
　そのあいだずっと女王は帽子屋をじいっと見つめていて、片時も目を離さなかった。ヤマネが法廷内をつっきって歩いていったちょうどそのとき、役人のひとりに声をかけた。「このあいだの音楽会で歌った歌手のリストを持ってくるのだ！」これを聞いて、帽子屋はみっともなくもぶるぶると震えだし、あまりにひどく震えて靴までぬげてしまった。
「証言をしろ」王が怒って繰り返した。「さもないと、もじもじしていようがいまいが、死刑に処すぞ」
「国王陛下、わたしはしがない男です」帽子屋が震える声で切り出した。「――お茶会なんて、ずーっとしていなくて、ようやく始めたのがここ 1、2 週間でして――なのにバター付きパンときたら、こんなに薄っぺらで――お茶はキラキラ――」
「お茶はキラいかね？」と王。
「いえキラいではなく、キラキラ」帽子屋が答えた。
「煮えキラないやつじゃの！」王がぴしゃりと言った。「おまえは、わたしをおちょくっとるのか？　先を続けたまえ！」
「わたしはしがない男でして」帽子屋が続ける。「それからというもの、何から何までキラキラで――三月ウサギがこう言ったんです――」
「言わない！」三月ウサギが大急ぎで否定した。
「言った！」と帽子屋。
「否認する！」と三月ウサギ。
「否認だな」と王。「いまの証言は除外とする」
「わかりました、でもヤマネは言ったんです――」また否認されるんじゃないかと、びくびくしながら帽子屋は先を続ける。しかしヤマネは何も否認しない。ぐっすりと

眠っていた。

「そのあと、わたしはバター付きパンを少し切って——」

「待ってください、ヤマネは何を言ったんですか？」陪審員のひとりがきいた。

「それは覚えておりません」と帽子屋。

「思い出せ」と王。「でないと死刑だ」

かわいそうに、帽子屋はティーカップもバター付きパンも手から落として、床にがっくりと片膝をついた。「陛下、お許しを。わたしはしがない男です」

「"詩がない"のはおまえの言葉だ。まったくつまらん！」

「うまいっ！」モルモットの1匹が歓声をあげたところ、役人によって即座に鎮圧された。（"鎮圧"というのはずいぶんむずかしい言葉なので、実際何をしたのか説明しておこう。役人たちは口のところをひもで結ぶ大きな袋を持ってくると、そのなかにモルモットをつっこみ、ひもをぎゅっと締めてから、その上にすわった）。

なるほど、ああいうことか、とアリスは思う。"裁判の終わりに拍手喝采が起きたが、役人が即座に鎮圧した"というような言葉がよく新聞に書かれている。どういうことだろうと思っていたアリスだったが、いまのを見てようやくその謎が解けた。

「それ以上話すことがないのなら、下がるがよい」王が続けた。

「これ以上下がるのは無理です。すでに床に膝をついているんですから」と帽子屋。

「ならば、尻餅をついたらどうだ」と王。

これを聞いて、もう1匹のモルモットが歓声を上げ、これもまた鎮圧された。

あらら、モルモットは全滅！　これで裁判もさっさと進むよねとアリスは思う。

「餅をつくだけの時間があるようでしたら、むしろお茶をすませたいのですが」帽子屋は言いながら、歌手のリストに目を通している女王に不安な目を向ける。

「では帰ってよろしい」王が言ったとたん、帽子屋は靴も履かずに一目散に法廷から駆けだした。

第11章　タルトを盗んだのは誰？

❦

「——外に出たところで首を切り落とせ」そう女王が役人のひとりに言いそえたが、役人がドアへ駆けつけたときには、もう帽子屋の姿はなかった。
「次の証人を呼べ！」王が言う。
　次の証人は公爵夫人の料理女。コショウ入れを手に法廷に入ってきた。ドアの近くでみんながいっせいにクシャミをしたものだから、アリスには、入って来るより先に誰だかわかった。
「証言しなさい」と王。
「いやだね」料理女が言う。
　王は不安な面持ちで白ウサギに目を向けた。白ウサギは小声で王に教える。「陛下、反対尋問をするんですよ」
「やっぱり、やるしかないんだろうな」王は憂鬱そうに言い、目が奥に隠れてしまうほど、顔をくしゃくしゃにしかめた。そうして腹の底から声を出してみる。「タルトは何でできておる？」
「ふつうはコショウだろうよ」と料理女。
「糖蜜」料理女の後ろで、眠たげな声がした。
「あのヤマネの首根っこを押さえろ」女王が金切り声をあげた。「首を切り落とせ！　法廷から追い出せ！　鎮圧しろ！　つねろ！　ヒゲをぬけ！」
　ヤマネを外に追い出そうと、しばらく法廷は大混乱。ようやく騒ぎが収まったときには、料理女は姿を消していた。
「かまわんよ！」王が心からほっとしたようすで言う。「次の証人を呼べ」そう言ったあとで、ちょっと声を落として女王にささやく。「次の証人の反対尋問はおまえに任せたよ。わたしは頭痛がしてかなわない」
　証人リストに目を走らせている白ウサギを見ながら、次は誰だろうと、アリスは興味津々。証言らしい証言はまだないし、これからが本番だよねと思っていたところへ、白ウサギが声を限りに叫んだものだから、びっくり仰天——「アリス！」

第 12 章
アリスの証言

「は い！」アリスは大きな声で返事をした。この数分の内に自分がどれだけ大きくなったかも忘れて、弾かれたように立ち上がったものだから、スカートのはしをひっかけて陪審員席をひっくり返してしまった。投げ出された陪審員たちが、下にいる生き物たちの頭上へばらばらと落ちていき、てんでに床に転がった。アリスは先週うっかりひっくり返してしまった金魚鉢を思い出した。
「うわっ、ごめんなさい！」おろおろしながら大急ぎで１匹ずつ拾いあげて陪審員席にもどしていく。アリスの頭のなかでは金魚鉢事件の映像が回りつづけており、ぐずぐずしていると、みんな息ができなくて死んでしまう気がしてあせっていた。
「これでは裁判は進められん」王がもったいぶった声で神妙に言う。「陪審員全員が、正しい位置につくまではな――全員が」ことさらに力をこめて繰り返し、アリスをにらみつける。

　陪審員席に目をやったアリスは、あわてていたせいで、トカゲを陪審員席に逆さまにつっこんでいたのに気づいた。かわいそうに、トカゲはどうすることもできずに、しっぽを左右に哀れっぽく振っている。アリスはすぐにトカゲを引きぬいて、陪審員席に正しくすわらせてやった。「べつに気にするようなことじゃないと思うんだけど。頭がどっちに向いていようと、どうせ裁判の役には立たないんだから」と独り言。
　投げ出されたショックから立ち直ったとたん、陪審員らは自分の石板と石筆を見つ

第12章 アリスの証言

けてきて、こうなってしまった事の顛末をせっせと書きつけていく。そんななか、あのトカゲだけがまだショックで呆然としており、何をする気にもなれないのか、口をぽかんとあけて法廷の天井を見つめている。

「この件について、おまえは何を知っておるのだ？」王がアリスに聞く。

「なんにも」とアリス。

「まったくなんにもか？」王が食い下がる。

「まったくなんにも」とアリス。

「ついに非常に重要な証言が出たぞ」王が言って陪審員席に顔を向ける。陪審員がそろって石板に向かい、これを書きつけようとしたちょうどそのとき、白ウサギが口をはさんだ。「つまり、非重要な証言であると、もちろん陛下はそういう意味でおっしゃったのだ」うやうやしく言いながらも、白ウサギは王に向かって顔をしかめている。

「そう、非重要」王はすかさず言い、口のなかで小声でもごもご続ける。

「重要——非重要——非重要というのは——非常に重要——」まるでどちらの響きがよいか試しているようだった。

陪審員のなかには、「重要」と書いた者もいれば、「非重要」と書いた者もいる。アリスは石板をのぞきこめるほど近くにいたので、すべてお見通しだった。「まあ、どう書かれても問題ないけど」と独り言。

そのとき、しばらくノートに何やら書きつけていた王が、大声を張りあげた。「静粛に！」そう言って、自分のノートを読み上げる。「規則42番。身長が1600メートルをこえる者は、全員退廷すべし」

不思議の国のアリス

　全員の目がアリスに集まった。
「あたし、1600メートルもありません」とアリス。
「あるある」と王。
「その2倍近くはある」女王が言いそえる。
「とにかく、出ていく気はありません。だいたい、そんなのちゃんとした規則じゃないでしょ。たったいま、でっち上げたの知ってるんだから」
「ここに書かれているなかで一番古い規則だ」と王。
「だったら、規則番号は1番のはず」アリスは言った。

王の顔から血の気が引いた。ノートをあわてて閉じる。「評決をしなさい」陪審員らに向かって震え声でおずおずと言う。
「お待ちください、陛下。まだお見せする物があるんです」白ウサギがあわてて飛び上がった。「この文書が、たったいま届きまして」
「なんだい、それは？」と女王。
「まだ中身を見てはおりません」白ウサギが言った。「しかし、被告人が書いたものと思われます——誰かに宛てて」
「そりゃそうだ。誰かに宛てて書かなかったら、それはおかしい」と王。
「誰に宛てて書かれたものですか？」陪審員のひとりが聞いた。
「宛て名がない」と白ウサギ。「それどころか、外側には何も書かれていない」しゃべりながら、文書を広げていく。「いや手紙じゃありません、これは一編の詩です」
「筆跡は被告人のものですか？」べつの陪審員が聞いた。
「いや、ちがう」と白ウサギ。「そこが一番悩ましいところで」（陪審員はみな訳がわからないという顔をしている）。
「他人の筆跡を真似したにちがいない」と王（陪審員がそろって顔を輝かせる）。
「陛下、どうか信じてください」被告人のジャックは言う。「わたしは書いていません。わたしが書いたという証拠はどこにもありません。最後に署名もないのですから」
「おまえが署名をしなかったというのなら」王が言う。「事はさらにまずい。きっと何かやましいことがあるのだろう。そうでなかったら、正々堂々と署名するはずだ」
　これには満場から拍手がわき起こった。その日１日、王が口にしたなかで、一番まともな言葉だった。
「そうなると、こやつの有罪は確定だな」と女王。
「そんな理屈で、何も確定なんかしないでしょ！」アリスが反論した。「何が書いてあるのか、内容を見るのが先よ！」
「中身を読んでみたまえ」王が言った。
　白ウサギが眼鏡をかける。「どこから始めましょうか、陛下？」
「始めから始めなさい」王がもったいをつけて言う。「そうして終わりまで続けて、終わるのだ」

第12章 アリスの証言

白ウサギが読み上げた詩は次の通り。

  きみ、彼女(かのじょ)のところへ行って
  彼(かれ)にぼくのことを言ったそうだね
  彼女、ぼくをいい人だと言って
  でも泳げないわと言ったそうだね

  彼は、ぼくが行かなかったって彼らに言った
  （それは真実だってわかってる）
  もし彼女が事を進めたら
  きみはどうなる？

  ぼくは彼女にひとつ、彼らは彼にふたつやって
  きみはぼくらに3つかそこら、くれたんだね
  それらは全部、彼からきみに、もどってきた
  だけど、もとは全部ぼくのもの

  もしぼくか彼女が
  この件(けん)に巻(ま)きこまれるようなことがあれば
  きみが助けてくれると、彼は信じてる
  ぼくらはいまと何も変わらないって

　　　　　原因はきみにあると思うんだ
　　　　　　（彼女が癲癇を起こす前は）
　　　　　彼と、ぼくらと、それとのあいだに
　　　　　きみがいて邪魔してた

　　　　　彼女が一番それらを好きだったって、
　　　　　彼に知らせないでくれ
　　　　　これはきみとぼくの永遠の秘密
　　　　　誰にも知らせちゃならないよ

「これまででもっとも決定的な証拠が挙がってきたな」王が揉み手をしながら言う。「ということで、さっそく陪審に──」
「これがどういう意味なのか、教えてくれる人がいたら6ペンスあげる」とアリス（ここ数分の内に、みんなが見上げるほどに大きくなっていたので、王がしゃべっている最中でも、少しも怖がらずに口をはさんだ）。「あたしは、こんなものに意味なんてないと思います」
　陪審員たちは、「こんなものに意味なんてないと彼女は思っている」と、そろって書き取ったものの、詩の意味を説明しようとする者はひとりもいなかった。
「意味がないなら、意味を探る手間が省けていい」王が言った。「しかし、そうとも思えんなあ」王は言って、膝の上に書面を広げて片目でじいっとのぞきこむ。「やっぱり、何かしら意味はあるような気がするぞ。"でも泳げないわ"と書いてあるところを見ると、おまえは泳げない、そうだな？」被告人のほうを向いて言う。
　ハートのジャックは悲しげに首を横に振った。「泳げるように見えますか？」（体が紙でできているのだから、実際泳げるわけがない）
「まあ、いいだろう」王は言って、またべつの行をぶつぶつと読んでいく。「"それは真実だってわかってる"とあるが、これは当然"陪審員"がわかってるってことだろうな──"ぼくは彼女にひとつ、彼らは彼にふたつやって"というのは──そうか、この男が盗んだタルトを女にくれてやったのだ──」

「でもそのあとに"それらは全部、彼からきみに、もどってきた"って続くけど」アリスが指摘した。

「そうだ、それがそこにあるじゃないか！」王が勝ち誇ったように、テーブルの上に並んだタルトを指さす。「これ以上にはっきりした証拠はない。しかし──"彼女が癇癪を起こす"というのはなんだ？　おまえは癇癪なんて、一度も起こしたことないよな？」女王に向かって言う。

「あるわけがない！」女王がかっとなり、トカゲに向かってインク壺を投げつけた（不運なビルは、こんなことをしても意味がないとわかって、このときにはもう指で石板に文字を書くのはやめていたのだが、ここに来て、また猛烈な勢いで書きだした。顔にしたたるインクを、とことんつかってしまおうという気らしい）。

「それじゃあ、この"癇癪"という言葉については、"解釈"はいらんな」そう言って、にやっと笑い、あたりを見回した。みんなはしーんと静まっている。

「どうして笑わんのだ！」王はむっとし、一拍遅れてみんなから笑い声が上がった。

「陪審よ、評決を行うのだ」王が言う。この日だけで、もう12回ほども口にした言葉だ。

「ちがうちがう！」女王が言う。「まずは刑の宣告であって──評決はそのあと」

「何から何まで、ばかげてる！」アリスが大声で言った。「刑の宣告が先だなんて！」

「口をつつしまんか！」女王が顔を紫に染めて怒った。

「つつしまない！」とアリス。

「この者の首を切り落とせ！」女王が爆発するように怒鳴った。誰ひとり動かない。

「あなたの言うことなんて、誰が聞くの？」とアリス（このときには、すっかりもとの大きさにもどっていた）。「ただのトランプのくせに！」

　そう言ったとたん、トランプたちがみんないっせいに舞い上がり、それからアリスの上にぱらぱらと落ちてきた。恐ろしいやら、頭にくるやらで、アリスは小さな悲鳴をあげながら、トランプをはたき落とそうとする。

第12章　アリスの証言

　ふと気がつくと、アリスは姉さんの膝の上に頭をのせて、川べりで横になっていた。木々から顔にはらはらと落ちてくる枯れ葉を、姉さんが優しくはらいのけてくれている。
「起きてちょうだい、アリス！　ずいぶん長いこと眠っていたわね」姉が言う。
「へんてこりんな夢を見ちゃった！」アリスは言って、自分の経験した不思議な冒険物語について、思い出せる限り詳しく話して聞かせる。話し終わると、姉が妹にキスをして、こう言った。「本当に、へんてこりんな夢ね——でもそろそろ、あなたのお茶の時間が終わっちゃうわ。いそいでおうちにお帰りなさい」それでアリスは起きあがって駆けだした。懸命に走りながら夢のことを思い出して、ああ、なんてすごい夢だったんだろうとドキドキしている。

不思議の国のアリス

　しかしアリスが帰ってしまったあとも、姉はまだそこに残っていた。頬杖をついて沈む夕陽を眺めながら、アリスのことや、アリスが話してくれたすばらしい冒険のことを考えているうちに、自分も夢を見ている気分になってきた。こんな夢だ――。

　最初に見えてきたのは、小さなアリスの姿。ちっちゃな両手で姉の片膝をぎゅっとつかみ、きらきら輝く目で食い入るようにこちらの顔を見上げている――その声の響きまでが聞こえてくる気がした。あの子ったら、前髪がしょっちゅう目に入り

第12章 アリスの証言

そうになって、そのたびに頭をつんと振るのよね——そんなことを思っていると、何やら音が聞こえてきた。気のせいだろうか。妹の夢に出てきた不思議な生き物たちが現実に現れたように、あたりが急に騒がしくなってきた。

　足もとに生える丈の高い草をざわざわ揺らして、白ウサギが大急ぎで駆けていく。近くの水たまりでバシャバシャ水を跳ね上げて、おびえたネズミが泳いでいく。ティーカップがカタカタ鳴っている音がするのは三月ウサギが永遠に終わらないお茶会を仲間と楽しんでいるのだろう。女王が不運な客に処刑を命じている怒鳴り声。ブタそっくりの赤ん坊が公爵夫人の膝の上でまたクシャミをしている。大皿や小皿があたりで割れる音や、ふたたびグリフォンの甲高い声が聞こえ、トカゲが石筆で石板をキイキイこする音や、鎮圧されたモルモットが袋のなかで喉をつまらせる音も聞こえる。耳を澄ましてみると、ウミガメフーミの哀愁に満ちた泣き声も遠くに聞こえた。

　すわったまま目を閉じると、自分もまた不思議の国にいるような気分になってくる。それでも姉にはわかっていた。ひとたび目をあけてしまえば、不思議の国は一瞬のうちに退屈な現実に変わる。草がざわざわ鳴っているのは、風に吹かれているだけだろうし、水たまりは、葦の葉のそよぎに合わせて波立っているだけだ。ティーカップのぶつかる音と思えたのは、じつは羊の鳴らすベルで、女王の怒鳴り声は羊飼いの少年の声だったとわかる。そうして気がついたときには、赤ん坊のクシャミも、グリフォンの甲高い声も、ありとあらゆる奇妙な音が、せわしない農場の物音（日常にいつも聞こえている）に取って替わられている。ウミガメフーミのぐずぐず泣く声は、遠くで響く、牛の低い鳴き声に変わっている。

　最後に姉は妹のことを考える。あの小さなアリスは長い年月を経て、どんな大人になるだろう。大きくなっても子ども時代と同じように、素直で愛らしい心を持ち続け、自分の幼子たちをまわりに集めて、愉快な話を次々と聞かせているかもしれない。そのなかには、ずっと昔に夢で見た不思議の国の話もあって、子どもたちは、みな目をきらきら輝かせて聞き入ることだろう。そのさなかにいて、アリスもまた思い出すにちがいない。ちょっとしたことで悲しくなったり、ささいなことでうれしくなったりした、子ども時代の幸せな夏の日々を。

オリジナル版アリス

ハリー・ポッターがこの世に現れるまで、およそ130年以上にわたって、『不思議の国のアリス』は、子どものためのお話として、おそらく世界一有名だった。50以上の言語に翻訳され、200名以上の画家が挿し絵を手がけている。本文の詩や台詞が随所で多数引用され、演劇、映画、テレビドラマから始まって、ゲームやおもちゃにまでなっている。主人公の名にちなんだ"アリスバンド"は、女の子が髪を留める"カチューシャ"の代名詞だ。これほど有名な話をいったい誰が書いたのか。アリスとは何者で、いかなる経緯を経て、この物語が生まれたのだろう。

作者のルイス・キャロルはチャールズ・ラトウィッジ・ドッドソンの筆名である。1832年、イングランドのチェシャー州に暮らす田舎牧師の家に生まれた11人の子どものうち、3番目にあたる。多彩な才能のひとつである発明好きは、母方の叔父のスケフィントン・ラトウィッジから受け継いでいる。数学者であるキャロルは、「chuckle」（くすくす笑う）と「snort」（鼻を鳴らす）を合わせた「chortle」のような新語を発明したり、手品を披露したり、ポケットのない円形のビリヤードテーブルをつかった変わったゲームをしてみたりすることが大好きだった。お話作りの名人でもあって、とりわけ、なぞなぞ、ナンセンス詩、言葉のパズルを駆使したお話が得意だった。

背が高く痩せており、吃音障害のあったキャロルは、大人たちのなかでは気後れして落ち着かない。ゲームを教えたり、お話を聞かせたりして、子どもたちといっしょにいるほうがよほど楽しめた。そういう子どものなかに、アリス・プレザンス・リデルがいた。オックスフォードのクライスト・チャーチ学寮で学寮長を務めるヘンリー・リデルの三人娘（ロリーナ13歳、アリス10歳、イーディス8歳）のまんなかだ。キャロルはその学寮で勉強をしたあと、そのまま残って数学の講師になり、一生勤めあげた。

多趣味なキャロルがとりわけ熱中したのが写真だった。当時は発明されたばかりで、撮影には時間がかかる上に、複雑な機器と面倒な処理を要する。被写体になる人間は長時間じっとしていなければならず、ときには首に固定具をつけられて、動くこともままならなかった。キャロルがアリスやその姉妹たちにお話を聞かせたのも、写真撮影の最中に飽きてしまわないようにとの配慮がきっかけだったと思われる。

1862年7月4日の金曜日に、キャロルは友人のロビンソン・ダックワースとともに、女の子たちを連れてオックスフォードのアイシス川を手漕ぎボートで下っていき、川辺でピク

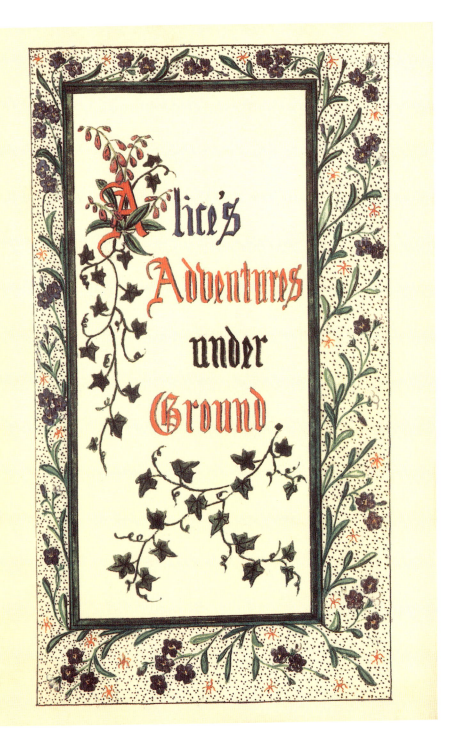

ニックを楽しんだ。この旅——『不思議の国のアリス』の巻頭詩に「世界が金色に染まる昼下がり」として、そのときの様子が描かれている——で、キャロルは一連のお話を語り、その主人公がアリスだった。

のちに、このリデル姉妹と再会したキャロルは、話をさらにふくらませて章を追加した。自分が主人公のお話を初めから終わりまで書いてくれとアリスにせがまれ、キャロルは夜なべをして細部を思い起こし、『地下の国のアリス』のタイトルで、1冊の本に仕立てた。この手作りの本には、あとから37の挿し絵を入れられるよう空白が設けられていた。キャロルはできあがった本を1864年11月26日の木曜日にアリスにプレゼントした。本のなかには、「ひと夏の記憶のなかにいる愛しい子どもへのクリスマスプレゼント」という言葉が書きこまれていた。

それからまもなく、もっと多数の子どもにその物語を届けるために、出版しないかという話が出て、キャロルはそれに乗った。文章量を2倍にして、『不思議の国のアリス』とタイトルをつけ直したまではよかったが、挿し絵をどうするかという問題が残った。自分には挿し絵まで手がける力量はないと自覚してはいたものの、こういう絵にしたいという明確な意向があった。そこで有名な挿し絵画家であるジョン・テニエルに頼んで、自分の指示に従って挿し絵を描いてもらうことにした。テニエルはキャロルの言うとおりに、長い髪のアリスを描いたが、本物のアリスの髪は黒く短かった。挿し絵には、キャロルが物語を執筆していたオックスフォード界隈にゆかりのある事物がいくつか描かれている——ウィリアム父さんが鼻の頭にのっけているようなウナギは近くの川で獲れるし、絶滅したドードーは市の博物館に展示されていた。さらにアリスの家の芝生では実際に王室の人々がクロッケーをしていた。

この初版本は1865年に出版された——キャロルがアリス姉妹に元になるお話を聞かせた日から3年が経っていた。これまでの子どもの本とはがらりと異なる、このまったく新しい物語は、たちまちベストセラーとなり、以降現在に至るまで、版が途絶えたことは一度もない。初版本はほんのわずかだが現存する。キャロル本人が所有していた1冊が1998年にニューヨークで売り出され、154万ドル（約1億8600万円）で落札されている。ルイス・キャロルはその後、本作の続編である『鏡の国のアリス』（1871）や、そのほかの物語も出版し、1898年に亡くなった。

アリス・リデルが1934年に亡くなる少し前、キャロルの手書きの本（187、189、190ページ参照）が売りに出され、アメリカの裕福な蒐集家、エルドリッジ・リーヴズ・ジョンソンによって記録的な価格で落札された。ジョンソンは、それを宝物のように扱い、キャロラインと名付けた豪華なヨットで旅をする際には、防水金庫に入れて持っていき、万が一船が沈んでもそれとわかるよう、「アリス」と書いた旗を取りつけておいた。ジョンソンの死後、そ

Chapter 1

Alice was beginning to get very tired of sitting by her sister on the bank, and of having nothing to do: once or twice she had peeped into the book her sister was reading, but it had no pictures or conversations in it, and where is the use of a book, thought Alice, without pictures or conversations? So she was considering in her own mind, (as well as she could, for the hot day made her feel very sleepy and stupid,) whether the pleasure of making a daisy-chain was worth the trouble of getting up and picking the daisies, when a white rabbit with pink eyes ran close by her.

There was nothing very remarkable in that, nor did Alice think it so <u>very</u> much out of the way to hear the rabbit say to itself "dear, dear! I shall be too late!" (when she thought it over afterwards, it occurred to her that she ought to have wondered at this, but at the time it all seemed quite natural); but when the rabbit actually <u>took a watch out of its waistcoat-pocket</u>, looked at it, and then hurried on, Alice started to her feet, for

れを一愛好家グループが購入し、1948年にロンドンの大英博物館に寄贈した。

『不思議の国のアリス』は最初に出版されてから42年が経過した1907年に著作権が失効した。これにより、テニエル以外の画家も自分なりの解釈で挿し絵を描くことが可能になった。そのひとりがアーサー・ラッカムで、自身を帽子屋として絵のなかに描きこんだ。その後もマーヴィン・ピーク、サルバドール・ダリといった偉大な画家やアーティストが追随した。

この美しい新版の挿し絵を描いたロバート・イングペンをはじめ、その多くがキャロルとテニエルのつくりだした最初のアリスや他の登場人物に敬意を表している。この物語において、挿し絵は文章と同じぐらい重要だとキャロルは気がついており、物語の冒頭でアリスも、こんなことを思っている――「絵もないし、人がしゃべったりもしない。そんな本がなんの役に立つんだろう」

ラッセル・アッシュ

本解説を寄稿したラッセル・アッシュは、文学史を専門とし、1985年には大英図書館が所有するルイス・キャロル手製の『地下の国のアリス』の複製版の刊行に尽力している。

挿し絵画家からのメッセージ

アリスが巨大な芋虫から助言をもらう場面を描いたジョン・テニエルの有名な挿し絵は、子どものときに見て以来、いまも鮮明に記憶に残っている。わたしが将来、挿し絵画家になりたいと夢見たのも、少なからずその影響があったのだろう。

ジョン・テニエルは1850年代のロンドンで『パンチ』誌において活躍した著名な挿し絵画家で、ルイス・キャロルから、『不思議の国のアリス』の初版の挿し絵を描いてみないかと誘われた。テニエルの描いた挿し絵が生まれてから150年近くが経過した現在も、この物語のなかで彼の絵が重要な役割を果たしている事実は変わらない。

長期にわたって、この新版のために挿し絵を描いているあいだ、テニエルの技術の強烈な影響力をつねに我が身に感じ、創作におけるキャロルとテニエルのパートナーシップは文学史上ほかに並ぶものがないことを痛感した。現代の読者に向けてわたしが描いた、アリスが夢で見た地下の世界の挿し絵の数々は、まだ挿し絵を普及させる実際的な手段としてモノクロ印刷しかなかった時代に、その技術と想像力で作品を輝かせた、ジョン・テニエルその人に捧げるものである。

ロバート・イングペン

訳者あとがき

　正直に告白しよう。世界一有名な子どものお話──『不思議の国のアリス』をきちんと読んだのは今回が初めてだった。子どもの頃は、ジョン・テニエルの描くアリスがちょっと怖い感じがして、ぱらぱらめくっただけで、また図書室の書架に戻してしまった記憶がある。

　それが今回、手渡された原書をひらいてみて驚いた。目の覚めるように美しい挿し絵の数々。以前にも錚々たるアーティストたちがこの作品の挿し絵を手がけてきたが、ここに描かれたアリスと不思議の国の生き物たちほど、繊細で豊かな表情に富み、圧倒されるほどのダイナミックなパワーを感じさせるものはない。絵に夢中になって次々とページをめくっていき、物語への期待に胸がはちきれそうになった。

　ところが、いざ翻訳に取りかかったら、文字通り頭が爆発した。英語の言葉遊びを日本語に翻訳するのはほぼ不可能。背景知識やパロディ元を知らないと笑えない。噂には聞いていたものの、まさかこれほどの難物だとは思わなかった。しかし、原著を読んだ読者が笑える場面で、翻訳を読む読者も笑えるようにと、その点だけはなんとしても実現しようと心を砕いたつもりだ。ナンセンス（無意味）だからといって、意味を成さなくていいとは思わない。ナンセンス文学にはナンセンス文学の面白さの回路があるはずで、英語と日本語という異なる言語であっても、その回路をつなげて翻訳する必要があると思ったからだ。

　アリス生誕150周年という時期に居合わせた幸福な読者の皆様。この記念すべきときに不世出の作家と画家のコラボレーションが生み出した、これまで以上に豊かな『不思議の国のアリス』の世界を、どうぞ存分にお楽しみください。

　2015年8月

杉田七重

作◆ルイス・キャロル　Lewis Carroll

　ルイス・キャロルはチャールズ・ドッドソンの筆名。1832年、イギリスに生まれる。言葉遊びや謎掛けが大好きで、ゲームやパズルを自作する幼少時代を過ごし、1855年、オックスフォード大学の数学講師となる。『不思議の国のアリス』は、ヴィクトリア朝時代の有名な挿し絵画家ジョン・テニエルの挿し絵付きで1865年に初版が刊行され、子どもたちに最も人気のある物語でありつづけた。その6年後に続編となる『鏡の国のアリス』を出版し、1876年にはナンセンス詩『スナーク狩り』を発表。1898年、65歳で死去した。

絵◆ロバート・イングペン　Robert Ingpen

　1936年、オーストラリアに生まれる。ロイヤル・メルボルン・インスティテュート・オブ・テクノロジーで挿し絵と装丁の技術を学ぶ。1986年には、児童文学への貢献が認められて国際アンデルセン賞を受賞し、オーストラリア勲位も授けられた。挿し絵を描いた作品には、本書のほかに『聖ニコラスがやってくる！』（西村書店）や『宝島』、『ピーターパンとウェンディ』、『ジャングルブック』、『たのしい川べ』、『クリスマスキャロル』などがある。

訳◆杉田 七重（すぎた ななえ）

　1963年東京都に生まれる。主な訳書に、『発電所のねむるまち』（あかね書房）、『クリスマスキャロル』（角川書店）、『トップ記事は、月に人類発見！──十九世紀、アメリカ新聞戦争』（柏書房）、『石を積むひと』『月にハミング』（小学館）、『バンヤンの木　ぼくと父さんの嘘』（静山社）などがある。

不思議の国のアリス

2015年10月10日　初版第1刷発行

作＊ルイス・キャロル　　絵＊ロバート・イングペン　　訳＊杉田 七重

発行者＊西村正徳　　発行所＊西村書店　東京出版編集部
〒102-0071　東京都千代田区富士見2-4-6
TEL 03-3239-7671　FAX 03-3239-7622　www.nishimurashoten.co.jp
印刷＊早良印刷株式会社　　製本＊株式会社難波製本
ISBN978-4-89013-964-4　C0097　NDC933　192p.　22.7×18.8cm